HENRIK
IBSEN

CASA DI BAMBOLA

BIBLIOGRAFIA A CURA DI FEDERICA PIERINI

TRADUZIONE A CURA DI
EMMA RAGGIO-SALVI E LUCIO CHIAVARELLI

Finito di stampare nel mese di febbraio 2020
presso Reggiani Print S.r.l., Brezzo di Bedero (VA)

INTRODUZIONE

Henrik Ibsen: il suo teatro

È importante che ogni nuova generazione torni a scoprire da sé i drammi di Henrik Ibsen. La critica ibseniana attraversa un periodo positivista e socialista che vede nell'autore il precursore di una società rivoluzionata *ab imis*, forse prima nelle basi sociali che nelle basi morali. In seguito, grazie all'intuito di Benedetto Croce, in Italia esce un grande libro di Scipio Slataper, scritto fra il 1912 ed il 1914, in cui compare l'Ibsen idealista, quello che traduce in opere teatrali la morale kantiana. Slataper stesso considera questa interpretazione insufficiente, dal momento che tutti gli eroi ibseniani, considerati con questo metro, sono degli sconfitti, sono come murati dentro a idee troppo importanti, idee che esulano dalla limitata capacità umana, e prende corpo una certa teoria che, senza essere mai stata ben definita si potrebbe chiamare della non-poesia di Ibsen. Esattamente come il suo eroe più in vista, Brand, Ibsen subisce ininterrotte sconfitte e queste fanno da paravento fra lui e la poesia. Nei cinquanta anni trascorsi dal libro di Scipio Slataper, abbiamo avuto tutto il tempo e la tranquillità di considerare di nuovo, da diversi punti di vista, l'opera di Ibsen, e non ci è stato difficile scoprire in essa motivi ed elementi molto vicini ai nostri giorni. Se intorno al 1890 Ibsen poteva apparire come un socialista rivoluzionario, se venticinque anni dopo la sua opera sembra quella di un idealista, al giorno d'oggi ritroviamo in essa tutti gli elementi dell'esistenzialismo, dal momento che i suoi eroi soffrono soprattutto dell'incomunicabilità. Quel dramma morale che Slataper riteneva il momento più alto raggiunto da Ibsen, è, al contrario, un'incapacità di emanciparsi dalle sue origini, i suoi eroi (allo stesso modo di quelli della tragedia greca) sono tutto il contrario di quello che avevamo creduto: i sostenitori del libero arbitrio, dell'imperativo categorico, sono invece schiavi di un destino al quale cercheranno di ribellarsi invano. Un quarto di secolo fa, dopo le tempeste dell'espressionismo, dopo la grande lezione di drammaturgia di quello che in Scandinavia era stato definito l'anti-Ibsen, dopo il predominio che durò diversi anni di Augusto Strindberg sulle scene nordiche, e specialmente in Germania, si sarebbe potuto dire che Henrik Ibsen era poco più di un nome. E non parliamo solo dell'Italia, dove non era mai stato cittadino, tutt'al più ospite d'onore. Ma anche in Germania che fu il centro da cui la sua poesia si irradiava nel mondo, così si recensiva nel 1953 una rappresentazione di *Rosmersholm* nel teatro di Stoccarda, con una regia ed attori di altissimo ordine: «È difficile dire da quanto tempo questo dramma, che è forse il più polveroso di tutta la produzione ibseniana, non sia più stato recitato in Germania... L'immensa stanza oscura dove il dramma si svolge sembrava intonacata dalla patina dei decenni, e l'*humanitas* superstite del tempo spiccava tanto più in quanto la regia aveva lasciata intatta l'atmosfera di quell'epoca scomparsa». Anche in Scandinavia, nella sua patria, Paer Lagerkvist, il fervente discepolo di Strindberg, gli rimproverava di avere scritto «interminabili cinque atti, con un'infinità di passettini sopra un tappeto e parole parole parole».

Il mondo che era appena uscito dalla prima guerra mondiale convinto di essere riuscito ormai a penetrare i segreti del cielo e dell'inferno, ammirava quello che era stato fino al 1914, proprio come un uomo travagliato dall'esistenza che guarda alla sua infanzia, e la considera troppo povera nella sua innocenza. Dopo il 1914 anche Ibsen appare alle nuove generazioni ingenuamente superbo di se stesso e delle proprie idee. Pubblico ed autori esigono altro; non esiste più alcuna legge, alcuna morale assoluta, ma infinite possibilità imprevedibili; la nessuna certezza del relativismo viene proiettata nel subcosciente, nel sogno, nella fantasia. Pirandello e Kafka dominano la civiltà del ventesimo secolo. O almeno così credono coloro che sono nati nel nuovo secolo.

È giustificata la condanna che ha subito Ibsen? Oppure Ibsen è forse un grande misconosciuto, e il suo teatro deve ancora essere scoperto? Parliamo chiaro: deve venire scoperta la sua poesia cui ora fan velo non solo la patina del tempo, ma ancora più le troppe premesse teoriche che via via gli esegeti vi hanno appiccicato? Ora, a cinquant'anni di distanza dal suo fulgore e dal suo istantaneo tramonto, ci rendiamo conto che Ibsen ha subito due ingiustizie: prima, i suoi più fedeli lo hanno accolto come un profeta e hanno cercato un «insegnamento» là dove Ibsen voleva fare soltanto un ritratto o il quadro di una battaglia di anime; poi, si è voluto considerare la sua formula letteraria – il naturalismo – come un'armatura rigida che imprigiona i suoi personaggi, mentre era solo un vestito che senza difficoltà poteva essere tolto e mutato. Valga un esempio per tutti: la scena irreale, surrealista, espressionista del *Rosmersholm* fatta da Gordon Craig a Firenze, nel 1905, per Eleonora Duse, che era tutto il contrario di quello scenario realistico che Ibsen aveva immaginato – e che ravvivava ed esasperava il conflitto drammatico. L'errore è quindi nostro quando vogliamo che siano ibseniani i vestiti – ed i mobili – e non l'anima e le parole dei suoi personaggi.

Nel nostro paese non si è mai arrivati a questa seconda polemica (la polemica finita col bando di Ibsen dai teatri moderni); in realtà si giunse tardi e male anche alla sua arte nel momento del massimo trionfo. Il suo teatro, alla fine del secolo, colpì pubblico e critica più per l'abilità esteriore della macchina teatrale, che per la sua tormentata poesia e per l'universo morale di cui voleva esprimere le lotte e le inevitabili sconfitte. Anche i caratteri dei diversi personaggi, il significato dei vari intrecci, pur così palesi in quel mondo spirituale al quale Ibsen apparteneva, vennero spesso fraintesi o definitivamente misconosciuti.

Il motivo – forse l'inevitabilità – di tutto questo, era abbastanza chiaro, com'è evidente il motivo, analogo, per cui l'opera di

Ibsen non è mai arrivata in Francia, se non all'interno dei teatri d'avanguardia, ed è rimasta sempre estranea al pubblico francese; questo perché Ibsen è un protestante, un luterano, ed i suoi problemi sono quelli maturati all'interno della civiltà svandinava, esattamente quattro secoli dopo la Riforma. In una società moderatamente cattolica, il teatro ibseniano può venire capito dopo una preparazione storica, culturale, ma è poco probabile che esso parli al cuore e alla mente degli spettatori. Se poi a questo si aggiunge anche l'argomento mitico, preso dalla saga scandinava, presente nei primi drammi, il conflitto, che diventerà lo schema di gran parte del teatro di Ibsen, delle due donne intorno all'eroe, lo schema della tragedia di Sigfrido, fra la dolce moglie, l'umana sposa, e la passione struggente e distruggitrice di Brunilde, la creatura semi-divina – mito ignorato da noi – si capirà facilmente perché la fortuna di Ibsen in Italia sarà tarda e incompleta. Il giudizio formulato sul teatro di Ibsen da Giuseppe Gabetti intorno al 1940 – che riassume in qualche modo le esitazioni e le difficoltà della critica italiana durante tre quarti di secolo – è assolutamente preciso: «considerato nel suo tempo come il più profondo interprete dei conflitti morali e sociali della coscienza moderna» – «per il severo e cupo tono della sua spiritualità non è in realtà comprensibile fuori del mondo nordico». Sarebbe opportuno ritornare su questo giudizio e specialmente sulla prima parte, sui rapporti di Ibsen con la coscienza moderna, che hanno fatto riflettere tanti critici. Ma intanto le parole del Gabetti comportano una premessa: che di coscienze moderne ce ne sono almeno due: la nordica e la nostra (e a proposito della nordica, i critici più *à la page* da trent'anni sostengono che non si può affatto identificare con quella di Ibsen).

A questa prima incomprensione del pubblico italiano nei confronti di Ibsen, ne va aggiunta subito un'altra, di tutt'altra origine: quella di voler fare di Ibsen uno scrittore «di attualità». Scipio Sighele è l'autore di un'integrale falsificazione delle idee ibseniane, con il suo volume *Donne ibseniane*, pubblicato nel 1905, in cui vengono evidenziati solo i motivi occasionali dei drammi, gli spunti colti dalla vita di tutti i giorni, e non l'interiore, essenziale conflitto ch'essi provocano; ed Ibsen appare come un rivoluzionario nel senso più esteriore della parola, come un verista in arte ed un materialista in filosofia, socialista nei problemi della vita politica e sociale (lui, l'accanito conservatore) e, naturalmente un femminista convinto. Il Sighele in questo libro suggellava una tendenza che si era andata affermandosi sempre più violentemente all'interno della critica europea, a mano a mano che la fama di Ibsen estendendosi perdeva di penetrazione nello spirito del pubblico: una tendenza che interpretava la satira e la condanna dei vizi sociali come un atto politico (mentre era molto più seriamente e profondamente un monito morale) e scorgeva nella ribellione di Nora contro l'incomprensione del marito il canto della ribellione femminista... Che Ibsen stesso non sia stato capace di resistere all'entusiasmo delle folle femminili (che lo salutavano come l'aedo della battaglia... per il voto alle donne!) è noto, le sue proteste contro quest'interpretazione del dramma di *Casa di bambola* sono state sempre molto deboli, molto sorridenti.

Durante un banchetto in cui lo avevano salutato come «combattente per la libertà della donna» egli ribatté che in realtà in Nora egli aveva voluto rivendicare la libertà di ogni essere umano e che in tanti matrimoni esiste la stessa situazione, ma rovesciata: un marito cioè imprigionato dall'incomprensione e dai pregiudizi della moglie. Ma la sua protesta non era stata intesa e forse non era stata neppure gradita. Che *Nora* non sia una battaglia per il femminismo lo dimostra il fatto che oggi il femminismo ha definitivamente vinto, ma il dramma di Nora – dopo settant'anni – rimane sempre attuale e compreso perfettamente dal pubblico. Questa è la profonda sostanza dell'opera di Ibsen che sfugge al Sighele. Dopo altri dieci anni, nel 1916, veniva pubblicato l'*Ibsen* di Scipio Slataper che per primo doveva mettere in piena luce in Italia, e non solo in Italia, l'alto contenuto morale, la lotta e la sconfitta dell'uomo e del poeta Ibsen.

Nella sua opera Slataper è stato il primo a sottolineare – forse esagerandolo – l'abisso che separa il mondo di Ibsen dall'universo cattolico, ed ha fornito l'argomento al giudizio del Gabetti che egli «non è comprensibile fuori del suo mondo nordico». Slataper era in grado di scoprire questa divergenza stridente fra lo spirito nordico e lo spirito italiano, per un elemento a dir poco unico: anche lui apparteneva a entrambi questi mondi, e considerava l'universo spirituale di Ibsen molto congeniale al suo. I problemi di Ibsen sono esattamente i problemi che affronta Slataper; e l'indagine che Slataper compie su Ibsen, il processo al quale lo sottopone, sono così severi dal momento che in realtà sono gli stessi che Slataper fa a se stesso. E questo è il motivo per cui al mondo teorico di Ibsen Slataper attribuisce un'importanza che contrasta con il valore poetico, l'altro essenziale elemento. L'opera di Slataper è una lezione morale molto dura ed avrebbe avuto in Italia una ripercussione assai più vasta di quella che di solito ha generalmente un libro di critica o di storia letteraria, avrebbe potuto essere un richiamo ed un grido di raccolta, se la sua pubblicazione non fosse avvenuta nelle condizioni più disagevoli: la prima edizione del Bocca è datata 1916; fu immeditamente esaurita e dispersa nel disordine della guerra; la seconda, del Sansoni, avviene di nuovo nell'anno meno adatto a proporre problemi tragici, ed interiori al pubblico, perché è addirittura del 1944. I due anni non erano i più adatti per incontrare il teatro di Ibsen; con il problema del libero arbitrio, con l'aspirazione eroica propria di ogni essere umano, con la fragile argilla di cui siamo impastati e che destina al fallimento ogni aspirazione più alta. L'*Ibsen* di Slataper, che è un'opera di poesia e che occupa un magnifico posto accanto alla sua prima opera *Il mio Carso,* è rimasto così quasi sconosciuto.

L'opera è maturata piano piano, negli ultimi cinque o sei anni non funestati dalla guerra, cioè prima del 1914, e poteva dedicarsi interamente alla cultura dello spirito, alla poesia, all'arte. Che quel mondo in cui solo i valori morali erano condivisi e che non sospettava neppure la possibilità d'una guerra e delle violenze e delle imposizioni – che, Slataper stesso sapeva che quel mondo fosse condannato alla fine, tanto che lo scoppio della guerra gli impedì di completare il suo libro, che era già completamente scritto, ma a cui mancava ancora l'introduzione – e cioè la spiegazione del motivo per cui Ibsen è anche un autore nostro, sebbene noi non siamo nordici, non possediamo il patrimonio delle saghe degli scaldi, e la nostra religione cattolica ci faccia rimanere indifferenti davanti ai drammi dei calvinisti.

Poteva sembrare che il teatro di Ibsen fosse la conclusione di un dramma che è maturato nel corso dei cent'anni di relativa pace europea, cioè fra il 1815 ed il 1914. Slataper non si è occupato casualmente questo teatro, non è stato attirato solo dalla forza poetica di quei drammi e dall'evidenza plastica di quei personaggi; egli vi è arrivato dopo aver assimilato e fatti propri quei cent'anni di teatro europeo che vanno da Heinrich Von Kleist a cui Friedrich Hebbel, a Henrik Ibsen. I grandi tedeschi della prima metà dell'Ottocento, quei tormentati teutoni che si sono impegnati a scoprire la tempestosa anima romantica del mondo sotto l'ebbrezza armoniosa del classicismo goethiano, sono stati i predecessori di Ibsen. Sono gli autori che hanno risvegliato in Slataper l'interesse per la vita dello spirito, in cui si è per la prima volta specchiato, coi quali è maturato. Il giovane protagonista del *Mio Carso* è un po' Sigfrido, un po' il Michele Kohlhaas di Kleist, un po' l'Oloferne di Hebbel; ma se l'eroe non è in grado di realizzarsi vivendo la sua vita, allora incontra dei problemi, che Kleist aveva stretto in un modo insolubile nel *Principe di Homburg* (il dovere) e Hebbel in *Maria Maddalena* (l'onore), questi conflitti, questi tormenti, completamente trasportati nel mondo moderno, costituivano l'anima del teatro di Ibsen. Penetrare fino in fondo i segreti di questo teatro era dunque, per Slataper, vivere fino in fondo il suo problema ed il suo tormento personale.

L'opera di Scipio Slataper su Ibsen è l'esame di coscienza e la confessione di una generazione sul mondo spirituale che ha ereditato dalle generazioni precedenti. È uno sforzo immane per fare l'inventario di questa eredità; il mondo morale di Ibsen è *il nostro mondo morale*, dice Slataper, quello dell'umanità odierna, in qualunque forma sociale viva, qualunque religione professi. «Brand – egli scrive – è il poema della *Critica della Ragione pratica.* Nessuno ci dice se Ibsen conosceva bene l'opera kantiana; ne *ci importa di saperlo.* Kant già allora è in tutto lo spirito dell'Europa colta. Lo si può riconoscere... soprattutto nella "camera degli propri pensieri", perché *dopo Kant la stessa verità morale che ogni uomo trova in sé è kantiana* ».

«Cosicché – continua Slataper, citando ancora Kant – la massima cui l'uomo deve obbedire, è: "Fa' dipendere la tua volontà da una legge che sarebbe propria di una volontà perfetta, quale non è la tua". *Quale non è la tua* – sottolinea Slataper – in questa terribile constatazione è il centro del dramma di Brand, *del nostro dramma*».

Dalle pagine dell'opera di Slataper si evince l'identificazione che egli fa del dramma universale con quello di Ibsen. Un grande anelito verso il bene, a cui però mancano le forze. Nel piccolo mondo borghese, Brand urla la sua presa di posizione: «O tutto o niente». O darsi tutti al diavolo, o darsi tutti a Dio; non c'è altra via da percorrere.

In una quartina di Ibsen trascritta in una lettera del 1880, quando già godeva della fama, compare questa massima: «Vivere: è lottare contro gli spiriti e il severo giudizio sopra se stessi». E la frase di Ibsen che più spesso Slataper ricorda via via che ne passa in rassegna l'opera, è quella con cui descrive l'allucinante, la metafisica piazza del mercato del suo borgo natio: *solo fabbricati, niente verde.* Nel mondo di Ibsen non compare la gioia: questa constatazione cui giunge Slataper, e questa mancanza di gioia – egli dice – è il limite della sua poesia. Ibsen possiede una tremenda forza d'animo, ma la sua opera possiede anche un'inguaribile scissione fra il mondo morale e il mondo poetico. Quello ha ucciso questo. Quando però si ritorna a leggere questo teatro, allora nasce il dubbio che vi sia un tremendo errore, che il critico abbia voluto identificare in modo eccessivo i problemi del poeta con i suoi, con i problemi quotidiani del mondo in cui il critico vive e che trasforma perennemente. E qui si evince tutto il contrario: la grande potenza insita nella poesia di Ibsen, per cui in essa si rispecchia ogni epoca – o è convinta di rispecchiarsi, – senza fronzoli. In realtà come tutti i veri poeti, Ibsen penetra fino al cuore umano che lo cerca, e sarà rivoluzionario, socialista, femminista, come l'irrequieta piccola borghesia della fine del secolo; verrà considerato un idealista nel mondo educato da Benedetto Croce; sarà esistenzialista nel nostro tempo. Siamo convinti che Orazio Costa abbia il merito di avere per primo scoperto questo carattere fuori del tempo di Ibsen, all'interno di una sua regia delle *Colonne della società* del 1951. Nella scena finale che, come tutte le scene di Ibsen, comincia con una parola quasi magica: «Sediamo e parliamo», Costa comprese come fosse vana l'aspirazione contenuta nell'imperativo: «Parliamo». Per quanto parlino, i personaggi di Ibsen non riescono mai a capirsi fra di loro: i loro sono monologhi, lanciati nel vuoto, che non arrivano né alla mente né al cuore dell'antagonista. Se davvero comporre della poesia vuol dire allestire un severo processo contro se stessi, i personaggi di Ibsen si accusano e si difendono, ma accusa e difesa cadono nel vuoto. Orazio Costa ha avuto il merito di evidenziare questa amarissima verità, inondando i suoi attori di una luce irreale, facendoli parlare davanti a sé in una atmosfera sorda e rarefatta. La sentenza in questo processo non verrà pronunciata mai.

A questo punto spunta un altro sospetto: che per quanto grande sia l'abilità di Ibsen come drammaturgo, la maestria con cui elabora i suoi intrecci, la potenza con cui mette l'uno contro l'altro carattere contro carattere, la sua vera poesia consista in questi canti singoli dei suoi personaggi; in queste voci che si alzano nel vuoto, in questi lamenti, in questi canti funebri. Franco Antonicelli nell'*Introduzione* ai drammi di Ibsen, tradotti da Anita Rho, ha intuito ed espresso questo concetto anche esplicitamente. Antonicelli si avvicina molto all'interpretazione dello Slataper, crede nella realtà eroica di Brand, non condivide assolutamente l'idea che in questa figura Ibsen abbia avuto l'intenzione di creare una macabra caricatura. Le parole che compaiono alla fine del dramma: «Dio è carità» vengono interpretate dall'Antonicelli come l'illuminazione e la redenzione di Brand, non certo come la sua condanna. Questo è il motivo per cui anch'egli esita di fronte alla poesia e non-poesia di Ibsen. Ma quando inizia a prendere in considerazione gli ultimi drammi, comincia a delinearsi una nuova idea: «Questa straordinaria concentrazione ci fa pensare alla struttura di un componimento poetico piuttosto che a opere di teatro; mi sono trovato a rileggere *La donna del mare* alla stregua, non so, dell'*Albatro* di Baudelaire; e come a un poemetto lirico continuo a pensare, per arbitrio che sia, al *Costruttore Solness.* Appunto per quei salti subitanei, eppure tutti giustificabili, tutti coerenti alla spinta organica del tema, e tuttavia salti, o trapassi che si voglia dire, che sono il naturale procedimento della lirica. E come potrei credere a una Hilde che, mentre il suo amato Solness precipita dall'alto della costruzione, continua una sua delirante visione ed un suo delirante ascolto di canti inaudibili? Ibsen poi, per quanta esperienza di teatro avesse anche tecnicamente, non si perita di muovere valanghe, far cadere uomini da una torre; è la disinvoltura dell'esperto di scena, o più ragionevolmente la visione di un poeta indifferente alle traduzioni pratiche della fantasia? Eppure Ibsen passò per verista. Ma la verità di Ibsen non è l'annullamento nella fotografia, non è il linguaggio anonimo di tutti i giorni, ma è la verità che scandaglia il fondo dell'anima; di lì trae le sue forme adatte, in cui il reale e l'ideale si immergono senza dissidio». Per questo, conclude l'Antonicelli, i grandi dialoghi della confessione acquistano «nonostante l'accanita verità, un tono lirico, cioè quel tono più alto e liberato che noi non sapremmo usare nella trita quotidianità, vinti dal pudore, ma che è il solo necessario e intimo all'animo».

Il mondo concettuale di Ibsen percorre una parabola ben definita. Si comincia da quel primo dramma, *Catilina,* che scrisse nel 1848 e che contiene i fermenti storici del grande anno, per cui il poeta ancora ventenne fu unanimamente considerato un fiero combattente per la libertà; si giunge a questa quinta essenza spirituale, che si colloca fuori dal tempo e dallo spazio, di cui parla l'Antonicelli, e che ci conduce quasi a smembrare la sua opera teatrale, ad ascoltare solo le "deliranti visioni" dei personaggi che popolano i suoi drammi. In queste visioni però noi oggi riscontriamo un teatro completo, e non soltanto per gli improvvisi scatti lirici, in cui il ricordo di remote verità fuori dal tempo si intreccia e si concretizza nelle piccole borghesi azioni della vita quotidiana (Hedda Gabler che viene "offesa" dal ridicolo cappellino della zia lasciato in salotto, Nora che nasconde i cioccolatini che il marito le rimprovera). Si ha l'impressione che per leggere Ibsen sia renda necessario seguire passo a passo gli intrecci dei suoi drammi, e prestare attenzione nello stesso tempo anche al sentimento che la poesia dei suoi personaggi risveglia in noi. L'esempio più calzante è forse quello della *Donna del mare* sulla quale grava ancora oggi un equivoco, l'equivoco della moralità a tutti i costi.

Al giorno d'oggi se un regista mettesse in scena la *Donna del mare* mirerebbe subito alle ultime battute: «A differenza della sirena, gli uomini riescono ad acclimatarsi sulla terra ferma, non ritrovano il mare...» «Quando sono liberi», afferma Ellida; ed il marito, Wangel, ribatte: «E in piena responsabilità». Allora Ellida gli stende la mano ed esclama: «Proprio così».

In sostanza Ellida subiva il fascino del misterioso straniero, intendeva seguirlo e lasciare il marito; ma nel momento in cui il marito l'ha lasciata libera di scegliere, quando non ha cercato di forzarla, Ellida «in libertà e in piena responsabilità» ha deciso di rimanere. Per almeno mezzo secolo ci siamo rallegrati di questo lieto fine: sembra che sia non così facile sfuggire al dramma, al dolore del dramma! Ma qual è il significato della *Donna del mare?*

Il dramma fa parte di una mitologia di cui le giovani donne e i giovani uomini si sono dimenticati per mezzo secolo e che per noi risulta incomprensibile; il concetto stesso di donna del mare ci risulta incomprensibile, con quel gioco di parole che si nasconde nel titolo, equivoco fra la sirena e la signora che vuole stare in riva al mare. Anche Ellida Wangel – non solo fino alla fine del dramma, ma fino alla fine della sua vita – continuerà a chiedersi insistentemente se davvero il momento di felicità che ha raggiunto accanto al marito, al «caro, fedele amico», durerà nel tempo, se riuscirà ad «acclimatizzarsi» fra gli uomini, oppure se è veramente una sirena che muore perché si è arenata sugli scogli e ha perduto la via del mare. La conclusione di Ibsen non è ottimista, come invece potrebbe sembrare: gli uomini sfuggono alla suggestione dell'amore eterno quando sono liberi e possono scegliere con piena responsabilità. Queste sono le parole che sigillano l'opera ma che non cancellano quelle che immediatamente le precedono, e che parlano di morte. «La sirena ne muore... La sirena ne muore» è come un'eco che continuerà a tormentare Ellida Wangel e il suo pacifico coniuge al quale Ibsen ha assegnato una tremenda condanna: quella di non riuscire a scorgere le magiche forze cui Ellida soggiace.

La vita sarebbe troppo facile, anche a causa di quell'umanità superiore alla quale i personaggi di Ibsen appartengono, se la ragione potesse risolvere davvero le loro piccole e grandi questioni. L'intero teatro di Ibsen è la dimostrazione del contrario. Fin dalla sua giovinezza Ibsen è stato ossessionato dal mito di Brunilde e Sigfrido, i due amanti quasi divini, che sono stati separati dagli intrighi umani, ma che vengono ricongiunti nel dolore e nella morte dal destino. La ragione, la suprema aspirazione dell'uomo e del poeta Ibsen, si dimostra incapace di fronte alle forze eterne, che son insite nel sangue dell'uomo (e della donna), ogni sforzo fatto per sfuggire al sogno di gioventù è inutile. Fino nel suo ultimo dramma *(Quando noi morti ci destiamo)* ritorna l'argomento del destino: il grande artista che ha barattato il suo amore per un'effimera gloria, per una più fuggevole gioia dei sensi, è poi riportato alla sua prima, unica donna, e con lei, nel tentativo di raggiungere la simbolica vetta della montagna, viene travolto dalla valanga, più pietosa di tutte le illusioni in cui gli infelici cercano un rifugio. La gioia è separata dalla ragione da un abisso, da una guerra senza pari; una forza cieca trascina verso la felicità, non importa quale, non importa con chi, soltanto questa cecità della ragione davanti all'intimo istinto, questo trionfo di un amore che è meraviglioso proprio per il suo mistero, solo questo può dare la gioia. Quali sono le parole che Rebecca West, che non esita davanti al delitto per conquistarsi l'uomo che ama, pronuncia tutto di un fiato? «Il concetto che i Rosmer hanno della vita eleva lo spirito. Ma... ma uccide la felicità». E la stessa Hedda Gabler, la pazza, non esita a porgere all'uomo che ha amato (e tradito) la pistola affinché si ammazzi ma «in bellezza! Me lo deve promettere... Col capo incoronato di pampini, come fantasticava una volta».

Esattamente con il capo incoronato di pampini, esattamente come sognano gli adolescenti, in quel momento della vita in cui ogni uomo è sincero con se stesso e possiede una chiara visione della propria sorte. Chi sa restare fedele a questa prima e immutabile voce del destino, sarà consacrato alla felicità, e non avrà storia. Ibsen penetra nella vita degli uomini quando comincia il tradimento, raccontando la storia della donna del mare quando essa accetta di lasciare il mare, di dimenticare le mistiche nozze celebrate nel mare con uno straniero, ed entra a far parte di una famiglia borghese, accanto ad un uomo che le offre: la serenità, l'agiatezza, la dignità, una sorta di blanda beatitudine, ma non la felicità che invece è fatta di lotte, di passioni brucianti e di sofferenza.

C'è da dire però che in questa lotta fra la donna del mare, la quasi divina reincarnazione di Brunilde, e l'onesto e razionale marito che non possiede neppure un pizzico di mistero, egli vince. Vince perché di fronte al terrore della tragedia la ragione vince, ed Ellida decide di rimanere. Ma fin quando durerà questa sua serena, quasi trionfante certezza, la solida consolazione della «responsabilità»? Già in precedenza la donna ha capito che le mistiche nozze con l'uomo del mare non erano altro che un sogno irrealizzabile, e per questo vi ha rinunciato, dimenticandosi dell'uomo lontano (che aspetterà almeno dieci anni per ritornare); ma è bastato che le acque del fiordo mutassero il loro colore al primo cambio di vento, perché la vita presente venisse soffiata via. Così facevano anche gli occhi del bambino nato dal matrimonio col marito, che cambiavano di colore al mutar del mare: «Se il fiordo si stendeva placido sotto il sole, i suoi occhi avevano la stessa tinta, e così quando c'era burrasca... Ah, tu non lo hai mai voluto vedere!... Occhi simili li avevo già visti, dieci anni fa... Il bimbo aveva gli occhi dello straniero».

Qual è lo scopo della libertà di scelta? Per un attimo Ellida – e già mille volte quel momento si è avverato nella sua vita – si illude di emanciparsi dal suo destino: la ragione, il libero arbitrio, il senso di responsabilità hanno avuto la meglio. Ma, al primo cambiamento di vento che muterà il colore delle acque del mare, ecco che la sua anima ricomincia a bruciarle nel petto. Le parole dell'innocente la perseguitano, il poeta ce le ripete come un avvertimento: «La sirena non ritrova più la via del mare e della vita marina. La sirena ne muore».

Anche Henrik Ibsen, proprio lui, il drammaturgo della ragion pratica, vive proprio in questo mondo romantico. Ne è un prova la scelta dei suoi drammi che egli mette in scena. Tralasciando per un istante il *Peer Gynt* che è esplicitamente e volutamente l'eroe romantico, le sue opere più impegnative sono i drammi che parlano di una delusione, di un sogno tradito, di un'aspirazione che viene paurosamente dispersa e dissipata da un'improvvisa tempesta.

Ecco allora Nora, la protagonista di *Casa di bambola*, la fresca, ingenua creatura che pensando di salvare il marito servendosi di una piccola astuzia, perché nulla era troppo per quel grande uomo che ella si illudeva di amare, scopre di non essere nient'altro che una bambola controllata dalla mente di un uomo rigido e vizioso e che la sua piccola astuzia è in realtà un'arma terribile nelle mani di un malvagio.

Ecco allora Elena Alving degli *Spettri* che ha creduto di percorrere un doloroso ma glorioso calvario accanto al bestiale marito, solo per salvare l'anima del figlio, e proprio nel figlio viene colpita: si era innamorata di un altro uomo ma aveva rinunciato ed aveva sacrificato se stessa al dovere e all'illusione di un'altra missione, ed ora tutto crolla, nell'infame e nel ridicolo.

Ecco Hedda Gabler che vive nell'intimità della sua anima al di fuori delle comuni leggi borghesi e, nonostante ciò, ricade sempre di più nella miseria quotidiana, anche lei che sognava la bellezza classica.

Ecco *Rosmersholm*, ecco il pensatore che vorrebbe riformare la società e la chiesa e scopre di essere miseramente imprigionato nella passione di una donna priva di scrupoli, complice di un delitto, messo alla berlina davanti agli uomini che aveva voluto elevare a un più alto e più religioso concetto della vita.

Ecco allora il professor Rubek, l'orgoglioso eroe di *Quando noi morti ci destiamo,* l'uomo che è convinto di avere conquistato l'immortalità e la gloria, e nel momento in cui si rende conto di non avere mai vissuto veramente, si rianima solamente quando decide di morire di nuovo. Tutti in realtà sono stati affascinati da un'illusione, di amore e di bontà, come Nora, come la signora Alving, come Rosmer, o da un'illusione di potenza e di gloria come Brand o come il professor Rubek.

Sono tutti eroi romantici, trasportati dal sogno o lacerati nell'intimo da brucianti passioni che cozzano contro la realtà... Lo schema è sempre lo stesso; è quello che fa dire a Scipio Slataper che Ibsen non ama i suoi personaggi, ma che li comprende e li compiange nell'intimo.

Esulano da questo schema *Peer Gynt* e *l'Anitra selvatica* che sono stati definiti dalla critica: «l'anti-Brand», ma in un senso del tutto diverso.

Ibsen, dopo il tempestoso lavoro intorno al grande sconfitto, al grande crudele, Brand, si prende una pausa dimenticando le sue oscure e ombrose città scandinave e compone questa fiaba ridente fra Ischia e Sorrento, la fiaba di Peer Gynt, l'istintivo, il trasognato, il malizioso, l'innamorato che non vede l'ora di vivere e che si sente libero da ogni legame, sia da quello costituito dalla gioia di amare, che da quello della gioia di godere la vita. Peer Gynt non è contro Brand, semplicemente non ha mai conosciuto quelli che sono i drammi, le aspirazioni, i doveri e i tormenti di Brand. Nel *Peer Gynt* Ibsen ignora se stesso, e quando non si abbandona a fantasie liriche, cede forse per un momento a quell'ironia che tempo dopo gli farà negare di avere combattuto in Nora per la libertà della donna: la posta del gioco allora era molto più alta, ardua e luminosa. Quando rinfacciano a Peer Gynt di avere sedotto e abbandonato una fanciulla, egli ribalta la situazione: è stata la fanciulla che non doveva farsi sedurre e abbandonare. Il dramma è il poema dell'anarchia, della libera fantasia, è quello che Ibsen avrebbe voluto sempre scrivere, se non gli avessero pesato dentro tanti cupi sentimenti.

Ma l'*Anitra selvatica* è il vero dramma anti-Brand, in cui l'uomo che predica la morale assoluta altro non è che uno sciocco e crudele roditore della vita e improvvisamente si trova davati a quello che è certamente una reincarnazione di Gynt, il ridente, allegro, umano dottor Relling. *Peer Gynt* è del 1867, *l'Anitra* dell'84; in questi diciassette anni, fra opere minori, nascono *Nora* e *gli Spettri;* da questo si può desumere che Ibsen finalmente vede chiaramente i nodi drammatici che lo tormentano e riesamina gli ansiosi dibattiti dell'anima di Brand schierandosi contro Brand. Lo chiama a giudizio, gli fa un processo, esattamente come egli intende la storia dei suoi personaggi, con un accusatore, con testimoni, senza difensore. Ibsen non cerca più neppure di difendere Brand che davanti agli spettatori si condanna da solo. Nell'*Anitra selvatica* non si parla più di una legge morale: in questa tragicommedia si verifica un rovesciamento dei valori: quella che qui trionfa è un'inesausta adesione alla relatività della vita.

Il nuovo maestro – anche se gli uomini che adesso Ibsen crea non hanno più bisogno di un maestro che li punisca, ma hanno bisogno di un consolatore – il consolatore che naviga in mezzo alle irrazionalità della vita, dentro le inguaribili debolezze umane, è quel dottor Relling che applica una sua originale teoria: ogni uomo necessita nella sua vita di una menzogna che lo animi; se vine privato di essa, la sua felicità viene distrutta o, peggio, gli viene tolta la forza di vivere. Perciò nella decaduta, disanimata famiglia degli Ekdal, il dottor Relling ha suggerito a ciascuno la sua menzogna, che gli permette di vivere in completa cecità, una volta che viene taciuta per sempre la coscienza.

Ibsen suggerisce al vecchio colonnello Ekdal, che ha commesso una grave indelicatezza e pertanto vive ai margini della società, di raccogliere nella soffitta gli alberi di Natale secchi degli anni passati e di farne una foresta popolata da una chioccia coi suoi pulcini, da qualche coniglio, persino da un'anitra selvatica; e, armato d'una vecchia pistola, il cacciatore d'orsi d'una volta vi si aggira e ammazza ogni tanto qualche povera preda. Al figlio di Ekdal, un inetto senza mestiere titolare di uno studio da fotografo in cui però chi si addossa tutto il lavoro è la moglie, mette in testa di fare una grande scoperta scientifica, che ristabilirà l'onore e la fortuna della famiglia. Questo benevolo artista della menzogna impedisce così ai poveri Ekdal di vedere la vera verità: che essi vivono dell'elemosina del ricco commerciante e industriale Werle, il quale è il vero colpevole della rovina del colonnello ed è stato l'amante di Gina, la moglie di Ekdal figlio, e forse anche è il padre della loro bambina. In questo dramma c'è tutto: miseria, vizio, vergogna, tutto nascosto dietro una maschera pietosa, creata dal caso, dalla perfidia del Werle e tenuta in vita dalle cure amorose di Relling. In questa situazione di stallo destinata a durare per sempre, piomba all'improvviso il figlio di Werle, la caricatura di Brand, che si sente investito della missione di riabilitare la verità, quella verità per cui non vi sono anime forti capaci di sopportare. Quel mondo triste sta andando alla deriva e, nella disperazione di tutti, lo sciocco profeta è convinto di poter ristabilire l'equilibrio inducendo la piccola Edvige a riconquistare l'amore del padre, sacrificandogli la preziosa anitra selvatica, il tesoro della foresta incantata chiusa nella soffitta. E quando la piccola cerca di uccidere l'anatra, la bambina uccide se stessa. Il nuovo Brand scopre di essere quello che sbaglia tutto e porta solo disgrazia, e non gli resta che scomparire «andare a spasso» come dice Relling, convinto che solamente la carità può illuminare la via dei pochi che vedono; per gli altri non c'è altro rifugio che la menzogna. La verità è mortale.

Le opere di Ibsen erano ispirate al mito di Sigfrido e Brunilde, a quella forza misteriosa che intreccia il destino degli uomini che, se viene tradita, si ritorce contro di loro, condannandoli a una cupa infelicità. Via via che si va avanti nell'opera, in mezzo a questi personaggi, ci si accorge che le forze misteriose non sono soltanto quelle della passione e dell'amore ma che l'ambizione di vivere secondo una lucida legge morale, è l'illusione più malinconica e letale e che noi uomini siamo soli in fondo a un pozzo tenebroso.

Proprio dal fondo di queste tenebre i personaggi di Ibsen cantano il loro disperato dolore. Tentano invano di avvicinarsi uno all'altro, ma nessuno ascolta, forse non sente neppure le parole del vicino. Sono irreparabilmente soli: basta considerare negli *Spettri* l'infelice, soffocato amore di Elena Alving per il pastore Manders. Ha sostenuto, nel più profondo silenzio, la sua parte dolorosa; ma quando finalmente essa parla, quando confessa quel lungo segreto, che cosa accade? Proprio niente. Manders tace e sparisce. Non c'è nessun urto fra i personaggi di Ibsen: l'unico urto che avviene è contro il destino, contro la loro anima; contro un dolore segreto che non guarisce. In quel processo contro se stesso che, secondo i versetti di Ibsen, è la poesia, non c'è nessuna speranza, la condanna è stata pronunciata prima che incominciasse tutto. Non ci sono difensori, non ci sono nemmeno giudici, l'accusato rimane da solo e si confessa, apparentemente agli altri personaggi del dramma; in realtà solo a se stesso. E nel momento in cui si confessa, si condanna da solo.

Il genio di Ibsen
di James Joyce

Vent'anni sono trascorsi da quando Henrik Ibsen scrisse *Casa di bambola,* opera che doveva segnare una data nella storia del teatro. Da allora la sua fama ha invaso due continenti, provocando più discussioni e critiche di quella d'ogni suo contemporaneo. Alcuni hanno salutato in lui un riformatore religioso, un rivoluzionario sociale, un appassionato difensore della giustizia, un grande drammaturgo. Altri l'hanno attaccato come un ficcanaso impertinente, un artista fallito, un mistico incomprensibile, oppure, per riprendere l'espressione saporosa d'un critico inglese, come «un cane ficca il muso nel fango». Ma, malgrado le contraddizioni della critica, il genio di Ibsen s'afferma ogni giorno di più, come un trionfante eroe dei suoi drammi, e mentre le note stonate si fanno sempre più rare, il coro delle lodi non cessa d'aumentare. Lo spettatore più indifferente troverà che l'interesse suscitato da questo Norvegese non si sia affatto affievolito, dopo un quarto di secolo. Ci si può chiedere qual'altro uomo ha saputo esercitare un'analoga impresa nel pensiero moderno. Né Rousseau, né Emerson, né Carlyle, né alcuno di questi giganti la cui opera è tanto lontana dalla condizione umana. L'influenza di Ibsen su due generazioni si spiega in parte con la riservatezza dell'uomo. Mai, o quasi, s'è degnato di scender nell'arena. La sua meravigliosa serenità non fu quasi turbata, sembra, dalle tempestose discussioni che scoppiavano intorno a lui. La sua produzione è stata portata a termine nell'ordine più scrupoloso, e con una pratica da orologiaio, come non è dato sempre trovare nei grandi geni. Una volta soltanto ha risposto all'attacco violento dei suoi nemici, a proposito degli *Spettri.* Ma, dall'*Anitra selvatica* fino a *Gian Gabriele Borkman,* i suoi drammi sono usciti con una regolarità quasi meccanica, ogni due anni. C'è la tendenza a sottovalutare lo sforzo costante che un tal piano di lavoro richiede. Più ammirevole ancora è il progresso lento, irresistibile di quest'uomo straordinario. Ha pubblicato undici drammi, tutti di argomento moderno. Eccone l'elenco: *Casa di bambola, Spettri, Un nemico del popolo, L'Anitra selvatica, Rosmersholm, La donna del mare, Hedda Gabler, Il costruttore Solness, Il piccolo Eyolf, Gian Gabriele Borkman,* e, per finire, il suo nuovo dramma, uscito a Copenaghen 19 dicembre 1899, *Quando noi morti di destiamo.* Ultimo d'un elenco che inizia con *Casa di bambola,* questo dramma costituisce l'epilogo grandioso d'una lunga carriera. Per la loro tecnica, come per l'interesse che suscitano, pochi drammi antichi o moderni superano il teatro di Ibsen.

Dublino, 1903

(da: *The Fortnighty Review,* vol. 73, p. 575).

BIBLIOGRAFIA ESSENZIALE

S. SLATAPER, *Ibsen*, Bocca, Torino, 1916.
M. APOLLONIO, *Ibsen*, Morcelliana, Brescia, 1944.
B.W. DOWNS, *Ibsen. The intellectual background*, Cambridge University Press, Cambridge, 1946.
W. SOMBART, *Il borghese*, Longanesi, Milano, 1950.
J. NORTHAM, *Ibsen's dramatic method. A study of the prose dramas*, Faber & Faber, London, 1952.
G.B. SHAW, *The quintessence of Ibsenism*, Hill & Wang, New York, 1957.
R. JACOBBI, *Ibsen*, Edizioni Accademia, Milano, 1972.
H. JAEGER, *Henrik Ibsen 1828-1888. A critical biography*, Bloom, New York, 1972.
H.G. MEYER, *Henrik Ibsen*, Ungar, New York, 1972.
J. NORTHAM, *Ibsen. A critical study*, Cambridge University Press, Cambridge, 1973.
M. MEYER, *Ibsen*, Penguin Books, Harmondsworth, 1974.
C. MAGRIS, *Introduzione* a *H. Ibsen*, in *Drammi*, Garzanti, Milano, 1976.
G. BRANDES, *Henrik Ibsen. A critical study*, Arno Press, New York, 1977.
H. CLURMAN, *Ibsen*, Macmillan, London, 1977.
I.M. GABRIELI, *Rilettura di Ibsen*, Aion, Napoli, 1977.
E. BEYER, *Ibsen: the man and his work*, Souvenir Press, London, 1978.

C. LEVI-Strauss, *Le strutture elementari della parentela*, Feltrinelli, Milano, 1978.
AA.VV., *Contemporary approaches to Ibsen*, IV (Reports from the 4th International Ibsen Seminar, SKIEN, 1978), Universitetsforlaget, Oslo-Bergen-Tromso, 1979.
T. ADORNO, *Minima moralia*, Einaudi, Torino, 1979.
A. SAVINIO, *Vita di Enrico Ibsen*, Adelphi, Milano, 1979.
R. GRAY, *Ibsen. A dissenting view*, Cambridge University Press, Cambridge, 1980.
J.E. TAMMANY, *Henrik Ibsen's theatre aesthetic & dramatic art*, Philosophical Library, New York, 1980.
P. PUPPA, *La figlia di Ibsen. Lettura di Hedda Gabler*, Pàtron, Bologna, 1982.
R. ALONGE, *Epopea borghese nel teatro di Ibsen*, Guida, Napoli, 1983.
F. PERRELLI, *Introduzione a Ibsen*, Laterza, Bari-Roma, 1988.
F. PERRELLI, *La vera Nora e il vero Ibsen*, in "Il Castello di Elsinore", n. 16, 1993.
R. ALONGE, *Ibsen. L'opera e la fortuna scenica*, Le Lettere, Firenze, 1995.
F. PERRELLI, (a cura di), *Vita dalle lettere*, Iperborea, Milano, 1995.
R. FERGUSON, *Henrik Ibsen. A new biography*, Richard Coen Books, London, 1996.
A.L. SALOMÈ, *Figure di donne. Le figure femminili nei sei drammi familiari di Ibsen*, Iperborea, Milano, 1997.
F. PERRELLI, *La grande stagione del teatro scandinavo*, in AA.VV., *Storia del teatro moderno e contemporaneo*, a cura di R. Alonge e G. Davico Bonino, Einaudi, Torino, 2000.
J. TEMPLETON, *Ibsen's women*, Cambridge University Press, Cambridge, 2001.
F. PERRELLI, *Ibsen 1888. A biographical sketch*, in AA.VV., *Ibsenian lessons*, DAMS Università di Torino, Torino, 2002.
F. PERRELLI, *Henrik Ibsen. Un profilo*, Edizioni di Pagina, Bari, 2006.

Henrik Ibsen

Casa di bambola

ATTO PRIMO

Personaggi:

HELMER, avvocato;
NORA, sua moglie;
Il dottor RANK;
La SIGNORA LINDE
KROGSTAD, procuratore;
I tre figlioletti di HELMER;
ANNA MARIA, governante dei bambini di HELMER;
ELENA, DOMESTICA nella casa dei coniugi HELMER;
Un FATTORINO.
L'azione avviene nella casa dei coniugi Helmer.

Una camera arredata con buon gusto, ma senza lusso. Nel fondo, a destra, la porta dell'anticamera. Nel fondo, a sinistra, quella dello studio di Helmer. Fra questi due usci un pianoforte. A sinistra una porta e, più avanti, una finestra. Vicino alla finestra una tavola rotonda, una poltrona e un piccolo divano. A destra, un po' indietro, una porta e un caminetto davanti al quale sono disposte una poltrona e una sedia a dondolo. Fra il caminetto e la porta, un tavolino. Alcune stampe sulle pareti, una mensola con porcellane e oggetti artistici. Una piccola libreria piena di volumi accuratamente rilegati. Un tappeto sul pavimento. Fuoco nel caminetto. È una giornata d'inverno.

(Si sente suonare il campanello nell'anticamera. Un istante dopo si sente aprire la porta di ingresso. Entra Nora canticchiando allegramente. Indossa ancora cappello e mantello e porta diversi pacchetti che depone sul tavolino a destra. Lascia aperta la porta dell'anticamera nella quale si vede un fattorino con un albero di Natale e un cesto. La domestica apre la porta e prende in consegna gli oggetti).

NORA. Elena, mi raccomando: nascondi l'albero di Natale. I bambini non devono vederlo prima di stasera; devo prepararlo. *(Al fattorino, prendendo il borsellino)* Quanto?

FATTORINO. Cinquanta centesimi.

NORA. Ecco una corona. Tenga il resto. *(Il fattorino saluta e esce. Nora chiude la porta. Continua a sorridere allegra, mentre si toglie cappello e soprabito. Prende dalla tasca dell'abito un pacchetto di cioccolatini. Ne mangia due o tre, poi si avvicina in punta dei piedi ad ascoltare alla porta dello studio di suo marito)* Ah! È in studio. *(Riprende a canticchiare dirigendosi al tavolino di destra).*

HELMER *(dalla sua camera).* Chi è che gorgheggia così? La mia lodoletta?

NORA. Sì.

HELMER. E chi è che fa tutta questa confusione? Il mio scoiattolo?...

NORA. Sì.

HELMER. Quando è tornato a casa il mio scoiattolino?

NORA. In questo momento. *(Rimette in tasca il pacchetto dei dolci e si pulisce le labbra)* Torvaldo, vieni a vedere cosa ho comprato.

HELMER. Ho da fare. Non disturbarmi. *(Poco dopo apre la porta. Ha la penna in mano e lancia un'occhiata nella stanza)* Comprato, hai detto? E cosa hai comprato? La mia lodoletta ha di nuovo trovato il modo di spendere tanti soldi?

NORA. Ma sì, Torvaldo, quest'anno possiamo permetterci il

lusso di fare qualche spesa in più. È il primo Natale che non siamo costretti a fare economie.

HELMER. Sì... ma non dobbiamo esagerare.

NORA. Via, Torvaldo, un pochino direi di sì, non è vero? Adesso hai uno stipendio alto... guadagnerai molto...

HELMER. Sì, dal primo gennaio, però. Dobbiamo aspettare la fine del trimestre.

NORA. Che importa? Possiamo fare qualche debito.

HELMER. Nora! *(Le si avvicina e le tira un orecchio scherzando)* Sempre così sventata! Ma ragiona un po': mettiamo che io chieda in prestito mille corone e che tu le spenda per le feste natalizie... E se a capodanno una tegola mi cadesse in testa...

NORA *(mettendogli la mano sulla bocca).* Non dire queste cose!...

HELMER. Possono capitare, no? E allora che succederebbe?

NORA. Se succedesse una cosa simile, che mi importerebbe dei debiti?

HELMER. E quelli che mi avrebbero prestato i quattrini?

NORA. Quelli? E chi ci pensa? Sono estranei, no?

HELMER. Nora, Nora, sei proprio una donna... Sul serio, Nora, sai come la penso. No, non voglio né prestiti, né debiti, mai. Diventi schiavo degli altri, ti sporchi la casa. Continuiamo a resistere; solo per tre mesi. Facciamo quest'altro sacrificio.

NORA *(avvicinandosi al caminetto).* Bene. Come vuoi, Torvaldo.

HELMER *(seguendola).* Non fare il broncio, lodoletta. *(Apre il portafoglio)* Cosa credi che ci sia qua dentro?

NORA *(voltandosi vivacemente)* Quattrini.

HELMER. Prendi. *(Le dà qualche banconota)* Certo, lo so, sotto Natale le spese aumentano.

NORA *(contando).* Dieci, venti, trenta, quaranta. Grazie, Torvaldo. Li farò durare molto.

HELMER. Devi farli durare.

NORA. Te lo giuro. Ma, avvicinati. Voglio farti vedere cosa ho comprato, tutto per poco, sai? Ecco due vestiti nuovi per Yvar, e una sciabola. Un cavalluccio e una trombetta per Bob, e una bambola con il lettino per Emmy. Costano poco: sai come sono i bambini, tanto rompono tutto. Poi ho preso dei grembiuli e della stoffa per le domestiche. La vecchia Anna Maria meriterebbe di più.

HELMER. E in quel pacco che c'è?

NORA *(con un piccolo grido).* No, Torvaldo, quello no, prima di stasera!

HELMER. Va bene, d'accordo. E a te, piccola scialacquatrice, a te cosa piacerebbe avere?

NORA. Lo sai che non mi manca niente!

HELMER. Lo so, ma dimmi quello che desideri. Purché sia una cosa ragionevole.

NORA. Davvero, non saprei... o piuttosto, ascolta...

HELMER. Dimmi...

NORA *(senza guardarlo, preoccupandosi soltanto dei bottoni del vestito).* Se vuoi proprio farmi un regalo, potresti... potresti...

HELMER. Avanti, coraggio...

NORA. Potresti darmi del danaro. Oh, una piccola somma, quello che puoi. Mi servirà per comprare, uno di questi giorni, qualcosa.

HELMER. Ma, Nora...

NORA. Oh, dimmi di sì, dimmi che lo farai. Te ne supplico. Metterò il denaro in una bella busta dorata e l'appenderò all'albero. Non è una bella idea?

HELMER. Come si chiama quell'uccellino che va a caccia di monete?

NORA. Il lucherino, ma accontentami, Torvaldo. Così potrò pensare a qualcosa di utile. Non ti sembra ragionevole la mia proposta?

HELMER *(sorridendo).* Sì, se tu mettessi realmente da parte il denaro che ti do; se servisse veramente per qualcosa di utile, ma nelle tue mani il danaro scivola via non si sa come. E io sono sempre costretto a sborsarne dell'altro.

NORA. Veramente, Torvaldo...

HELMER. Un fatto è certo, cara piccola Nora. *(Le cinge la vita)* Il lucherino è grazioso, ma gli occorre tanto denaro. È incredibile quanto costa un lucherino.

NORA. Come puoi dire questo? Risparmio più che posso.

HELMER. Che tu abbia l'intenzione di risparmiare non lo metto in dubbio. Soltanto non ti riesce, ecco!

NORA *(canticchiando e ridendo allegramente).* Se tu sapessi quante spese ha una lodoletta!

HELMER. Sei una strana bambina. Proprio come tuo padre. Hai mille risorse per procurarti il denaro, ma appena lo ricevi ti sfugge fra le dita. Non sai mai dov'è finito. Ma, dopotutto, bisogna prenderti come sei. L'hai nel sangue. Sì, Nora, è proprio un fatto ereditario.

NORA. Vorrei avere ereditato i lati buoni del carattere di papà...

HELMER. Ma io ti voglio come sei, amore. Ascolta, mi viene. un'idea. Oggi hai un'aria, come dire?... un po' sospetta.

NORA. Un po' sospetta? Io?

HELMER. Sì, tu. Guardami negli occhi. La mia ghiottona si deve essere data alla bella vita in città, oggi...

NORA. No. Come ti viene in mente?

HELMER. La mia ghiottona non ha ficcato il nasino in qualche pasticceria?

NORA. No, te lo giuro, Torvaldo.

HELMER. Niente pasticcini?

NORA. Davvero no.

HELMER. Non hai sgranocchiato qualche cioccolatino?

NORA. No, Torvaldo, ti giuro di no.

HELMER. Via sto scherzando...

NORA *(avvicinandosi alla tavola di destra).* Non mi passerebbe nemmeno per la testa di fare qualcosa che potesse dispiacerti.

HELMER. Lo so. Non me l'hai giurato? *(Si avvicina a Nora)* Va bene, tieni per te i tuoi segreti di Natale, tesoro. Ce li svelerai stasera, quando l'albero sarà illuminato.

NORA. Ti sei ricordato d'invitare a pranzo il dottor Rank?

HELMER. No, era inutile: ormai è di casa. Lo farò adesso quando verrà. Ho ordinato un ottimo vino. Nora, non puoi immaginare che festa sia per me, questa sera!

NORA. Anch'io. E penso la gioia dei bambini!

HELMER. Che sollievo sapere che hai una buona posizione, finanziariamente solida. Non è vero? È una tale gioia che solo a pensarci...

NORA. Oh, è meraviglioso!

HELMER. Ricordi il Natale scorso? Tre settimane prima ti chiudevi, ogni sera, nella tua stanza per preparare i fiori dell'albero e le sorprese... Quanto mi annoiavo in quei giorni!

NORA. Io, invece, non mi annoiavo affatto.

HELMER *(sorridente).* I risultati non furono molto brillanti, Nora.

NORA. Mi prendi ancora in giro? È colpa mia se il gatto entrò nella stanza e buttò tutto in aria?

HELMER. Ma no, mia piccola Nora, non è stata colpa tua. Hai fatto del tuo meglio per darci una gioia, è questo che conta. Per fortuna, quei giorni sono passati.

NORA. Non posso ancora crederci.

HELMER. Adesso, non mi annoierò più da solo. E tu non avrai più bisogno di stancarti gli occhi e di sciuparti le manine?

NORA *(battendo le mani).* Mai più, vero? Dio, che felicità! *(Infila il braccio sotto quello del marito)* Adesso voglio dirti come ho pensato che dovremmo arredare la casa una volta passato il Natale... *(Campanello)* Suonano. Viene qualcuno. Che seccatura!

HELMER. Se sono visite, ricordati che non sono in casa per nessuno.

DOMESTICA *(sulla porta d'ingresso).* C'è una signora, chiede di lei...

NORA. Falla passare.

DOMESTICA *(a Helmer).* C'è anche il dottore. Sono entrati insieme.

HELMER. L'avete fatto accomodare nel mio studio?

DOMESTICA. Sì, signore. *(Helmer va nello studio. La signora introduce la signora Linde in abito da viaggio, poi esce).*

SIGNORA LINDE *(timidamente).* Buongiorno, Nora...

NORA *(perplessa).* Buon giorno...

SIGNORA LINDE. Non mi riconosci?

NORA. Veramente... non so... *(Con un grido)* Cristina! Sei Cristina!

SIGNORA LINDE. Proprio Cristina.

NORA. Cara, perdonami, ma... *(Piano)* Come sei cambiata.

SIGNORA LINDE. Lo credo, cara. Sono passati nove... anzi dieci lunghi anni!

NORA. È passato proprio tanto tempo? Eh, sì, proprio. Gli ultimi otto anni sono stati così felici che sono volati, credi! Hai fatto questo lungo viaggio in pieno inverno? Sei coraggiosa, non c'è che dire.

SIGNORA LINDE. Sono arrivata col battello, stamattina.

NORA. Per passare qui le feste di Natale, immagino. Che gioia! Ci divertiremo un mondo! Ma togliti il cappotto. Non hai freddo, vero? *(L'aiuta)* Ecco, adesso sediamoci comodamente davanti al caminetto. No, per te la poltrona; io prendo la sedia a dondolo; è il mio posto. *(Le prende le mani)* Ecco, ora rivedo il tuo viso di allora... Però, sei un po' più pallida, Cristina... e anche un po' dimagrita.

SIGNORA LINDE. Sono molto invecchiata, Nora. Molto.

NORA. Sì, un poco, un pochettino forse... non molto. *(Si ferma di colpo. Poi in tono serio)* Oh, ma quanto sono sciocca. Continuo a chiacchierare... Cara, tu che sei tanto buona, mi perdoni?

SIGNORA LINDE. Perdonarti cosa?

NORA *(dolcemente)*. Povera Cristina, sei vedova...

SIGNORA LINDE. Sì, da tre anni.

NORA. Lo sapevo; l'avevo letto sui giornali. Oh, credimi, Cristina, volevo tanto scriverti, allora... solamente, rinviavo la lettera da un giorno all'altro, capitava sempre qualcosa d'imprevisto.

SIGNORA LINDE. Capisco perfettamente.

NORA. No, Cristina, ho fatto male, molto male. Immagino quali brutti momenti avrai passato! Ti ha lasciato abbastanza da vivere?

SIGNORA LINDE. No.

NORA. Figlioli?

SIGNORA LINDE. Nemmeno. Sono sola. Priva anche di uno di quei rimpianti che riempiono una vita.

NORA *(guardandola incredula)*. Oh, Cristina, come può essere?

SIGNORA LINDE *(sorridendo tristemente e passandole la mano sui capelli)*. Questo capita qualche volta, Nora.

NORA. Sola al mondo! Io invece ho tre graziosi bebè. Non posso farteli vedere in questo momento. Sono usciti con l'istitutrice. Ma adesso dimmi tutto.

SIGNORA LINDE. Più tardi. Dimmi di te, piuttosto.

NORA. No, no, tocca a te parlare. Oggi non voglio essere egoista... Non voglio pensare che a te. Però devo dirti una cosa. In questi giorni ci è capitata una fortuna. Sai quale?

SIGNORA LINDE. No, di che si tratta?

NORA. Pensa, mio marito è stato nominato direttore di banca. Del Credito Industriale.

SIGNORA LINDE. Tuo marito? Che fortuna!

NORA. Vero? La professione d'avvocato è così precaria, soprattutto quando si accettano soltanto cause lecite. Torvaldo rifiutava le altre, in questo sono d'accordo con lui... Puoi immaginare la nostra felicità. Assumerà la carica all'inizio dell'anno nuovo: stipendio ottimo, dividendi non indifferenti... Potremo vivere senza pensieri, finalmente! Come ne sono felice! Tranquilla, ecco, finalmente! Senza più preoccupazioni finanziarie!

SIGNORA LINDE. Sarebbe già bello avere il necessario.

NORA. No. Troppo poco. Avremo di più. Molto di più.

SIGNORA LINDE *(sorridendo)*. Nora, Nora, non hai ancora messo giudizio? A scuola la tua prodigalità faceva spavento.

NORA. Torvaldo dice che questo vizio non l'ho perduto. Ma... *(Minacciando col dito)* «Nora! Nora!». Ma Nora non è poi tanto sciocca. Ah, veramente poi Signora non siamo stati in condizione da scialare. Abbiamo dovuto lavorare tutti e due.

SIGNORA LINDE. Anche tu?

NORA. Sì. Piccole cose, naturalmente: ricami, uncinetto... *(Cambiando tono)* Ma parliamo d'altro. Come sai Torvaldo lasciò il Ministero non appena ci fummo sposati. Nessuna prospettiva di avanzamento in quel suo ufficio, mentre occorreva guadagnare più denaro di prima. Il primo anno si affaticò molto. Capirai, era costretto ad accettare tutte le occupazioni supplementari che gli si presentavano e a lavorare dalla mattina alla sera. Era superiore alle sue forze e cadde gravemente malato. Allora i medici gli prescrissero un viaggio nel mezzogiorno.

SIGNORA LINDE. Ricordo; siete rimasti un anno in Italia.

NORA. Sì. Come puoi immaginare non era facile tornare qui... Yvar era nato da pochi giorni. Ma era necessario. Oh, che vacanza meravigliosa fu quella! Salvò la vita a Torvaldo. Ma quanto è costata!

SIGNORA LINDE. Lo immagino.

NORA. Dodicimila scudi. Quattromila ottocento corone. Una cifra, no?

SIGNORA LINDE. Certo, ma in un caso simile è anche una fortuna poterne disporre.

NORA. Ti dirò, è stato mio padre a darcele.

SIGNORA LINDE. Capisco. Se non sbaglio tuo padre è morto proprio in quell'epoca?

NORA. Sì. E io non ho potuto assisterlo. Aspettavo da un giorno all'altro la nascita di Yvar, e il povero Torvaldo aveva bisogno di tutte le mie cure! Caro il mio buon papà! Non mi fu possibile rivederlo. Fu il mio più grande dolore da quando sono sposata.

SIGNORA LINDE. Gli volevi molto bene, lo so. Così siete partiti per l'Italia?

NORA. Sì. Avevamo il danaro e i dottori c'imposero di non dilazionare.

SIGNORA LINDE. E tuo marito è tornato perfettamente guarito?

NORA. Sì.

SIGNORA LINDE. Ma allora... il dottore?

NORA. Quale?

SIGNORA LINDE. Il dottore annunciato dalla cameriera. Quel signore arrivato insieme con me.

NORA. Ah, il dottor Rank, viene da noi almeno una volta al giorno ma non come medico: è il nostro migliore amico. No, da quando siamo tornati, Torvaldo non ha avuto il minimo disturbo. I bambini sono sanissimi, e anch'io sto proprio bene. *(Si alza di scatto e batte le mani)* Dio mio, Dio mio, Cristina, che dolcezza vivere ed essere felici!... Oh, ma è mostruoso: sto parlando solo di me e della mia gioia di vivere. Scusami. E dimmi: è proprio vero che non amavi tuo marito? E, allora, perché lo hai sposato?

SIGNORA LINDE. Mia madre era malata, senza risorse. Poi due fratelli à carico... Accettare mi sembrò doveroso.

NORA. Sì, sì hai fatto bene. Era dunque ricco in quel tempo?

SIGNORA LINDE. Agiato, ma disordinato. Quando morì non mi rimase nulla.

NORA. E così...

SIGNORA LINDE. Dovetti ingegnarmi. Un posticino in un negozio, qualche lezione privata... Gli ultimi tre anni sono stati per me una lunga giornata di lavoro, senza un attimo di riposo. Adesso però è finita. Mia madre è morta, e i ragazzi possono mantenersi da soli.

NORA. Dev'essere per te un sollievo!

SIGNORA LINDE. No, Nora: c'è in me un gran vuoto. Più nessuno a cui dedicarmi. Per chi vivo adesso? *(Si alza, turbata)* Laggiù, in quell'angolo sperduto, non mi ci potevo più vedere. Trovar qualcosa da fare, qui, non dovrebbe essere difficile. Basterebbe che avessi la fortuna di ottenere un posto stabile in un ufficio...

NORA. Fortuna? Il lavoro affatica, e tu hai tanto bisogno di riposo. Faresti meglio ad andare in vacanza.

SIGNORA LINDE *(avvicinandosi alla finestra)*. Non ho nessun papà che possa pagarmi il viaggio.

NORA *(alzandosi)*. Scusa, non volermene.

SIGNORA LINDE. Sei tu, cara Nora, che non devi volermene. Quando ci si trova nella mia posizione si diventa cattivi, per forza. Non c'è più nessuno che dia un significato al tuo lavoro, eppure devi preoccuparti, affannarti... Bisogna pur mantenersi in vita e così si diventa egoisti. Ecco perché quando mi parlavi del felice cambiamento della tua posizione mi rallegravo come se fosse toccato a me, più per me che per te, ecco.

NORA. Davvero? Ah, capisco... Hai pensato che Torvaldo avrebbe potuto esserti utile.

SIGNORA LINDE. Proprio così.

NORA. E lo sarà, Cristina. Ti preparerò, con delicatezza, il terreno, in modo che Torvaldo sia ben disposto. Vorrei tanto esserti utile.

SIGNORA LINDE. Sei molto buona, Nora. Tanto più che tu conosci così poco le delusioni e le miserie della vita.

NORA. Io?... Credi?

SIGNORA LINDE *(sorridendo).* Dio mio, mi parlavi di ricami, di lavori all'uncinetto... Sei una bambina, Nora.

NORA *(scrollando la testa).* Non parlarmi così, con questo tono di superiorità...

SIGNORA LINDE. Eh? Che ti prende?

NORA. Sei come tutti gli altri. Nessuno crede che sia capace di qualcosa di serio, che io conosca anche i lati brutti della vita.

SIGNORA LINDE. Non è vero, Nora. Mi hai parlato anche tu dei tuoi momenti difficili.

NORA. Oh!... Sciocchezze! *(A voce bassa)* Non ti ho raccontato il peggio...

SIGNORA LINDE. Che vuoi dire?

NORA. Mi tratti con una specie di fierezza, Cristina: non dovresti farlo. Sei orgogliosa di aver lavorato tanto per tua madre, ecco.

SIGNORA LINDE. Non tratto nessuno dall'alto in basso. Certo, sono felice e orgogliosa che gli ultimi giorni di mia madre siano stati sereni, grazie a me.

NORA. E lo sei anche quando pensi a quello che hai fatto per i tuoi fratelli.

SIGNORA LINDE. Mi sembra di avere il diritto di esserlo.

NORA. Lo penso anch'io. Ebbene, Cristina, anch'io ho un motivo di gioia e di orgoglio.

SIGNORA LINDE. Non ne dubito: di che si tratta?

NORA. Parla più a bassa voce. Guai se Torvaldo ci sentisse! Per nessuna cosa al mondo vorrei... Nessuno deve saperlo, tranne te, Cristina.

SIGNORA LINDE. Di che si tratta?

NORA. Vieni qua! *(La fa sedere accanto a sé sul divano)* Sì...

Ascolta... Anch'io posso essere felice e orgogliosa. Sono stata io a salvare la vita di Torvaldo.

SIGNORA LINDE. Salvare?... In che modo?

NORA. Ti ho parlato del nostro viaggio in Italia, vero? Torvaldo non sarebbe sopravissuto se non fosse andato nel Sud...

SIGNORA LINDE. Ebbene, tuo padre vi ha dato il denaro necessario.

NORA. Sì, questo è quello che crede Torvaldo, che credono tutti; ma...

SIGNORA LINDE. Ma?

NORA. Mio padre non ci ha dato un centesimo. Sono stata io a procurare il danaro.

SIGNORA LINDE. Tu? Una somma così forte?

NORA. Quattromilaottocento corone. Che ne dici?

SIGNORA LINDE. Ma, Nora, come hai potuto?... Hai vinto alla lotteria?

NORA *(con un gesto di disprezzo).* Alla lotteria? Che merito avrei avuto allora?

SIGNORA LINDE. Ma, allora, dove hai preso tutto quel danaro?

NORA *(sorridendo misteriosamente e cantarellando).* Uhm! tra la la!

SIGNORA LINDE. Non avresti mai potuto farteli prestare.

NORA. Perché?

SIGNORA LINDE. Perché una donna sposata non può contrarre debiti senza il consenso del marito.

NORA *(ergendo il capo).* Oh, quando si tratta di una donna pratica... una donna che sa agire con destrezza...

SIGNORA LINDE. Nora, non ti capisco.

NORA. Non hai bisogno di capire. Non ho detto ch'io mi sia fatta prestare del danaro. Ho potuto procurarmelo in altro modo. *(Rovesciando la testa sul divano)* Avrei potuto averlo da un adoratore, no? Con il mio fascino...

SIGNORA LINDE. Sei la stessa di allora!

NORA. Confessa che sei incuriosita. Molto.

SIGNORA LINDE. Dimmi, Nora, hai fatto qualche sciocchezza?

NORA. È una sciocchezza salvare la vita al proprio marito?

SIGNORA LINDE. Trovo che sia per lo meno sventato agire a sua insaputa...

NORA. Ma lui non doveva saperlo! Mio Dio, possibile che tu non capisca? Non doveva sapere la gravità del suo male. I dottori lo hanno detto a me solamente che la sua vita era in pericolo; che soltanto un prolungato soggiorno in paesi caldi poteva salvarlo. Credi che non abbia prima fatto ricorso a tutti gli stratagemmi possibili? Gli ho detto che morivo dalla voglia di un viaggio all'estero; ho pianto, supplicato, infine buttai là l'idea del prestito. Non lo avessi mai fatto! Andò su tutte le furie. Mi trattò come una pazza, disse che era suo dovere non cedere alle mie stravaganze, ai miei capricci. Sì, disse «capricci», mi sembra, e io intanto pensavo: «devo salvarti, devo salvarti». E trovai il mezzo.

SIGNORA LINDE. E tuo marito non chiese mai a tuo padre...

NORA. Il babbo morì dopo alcuni giorni. Avrei voluto metterlo al corrente; ma la sua salute... (Purtroppo mi fu risparmiato questo colloquio).

SIGNORA LINDE. E così a tuo marito non hai mai confessato...

NORA. No! Come puoi soltanto pensare che...? Lui così intransigente su queste cose! E poi Torvaldo si sarebbe sentito offeso nella sua dignità d'uomo. Sarebbe stata per lui una umiliazione troppo forte sapere che mi doveva qualche cosa! (Avrei guastato ogni nostro rapporto; la nostra vita intima, così pienamente felice, adesso non sarebbe più quella che è).

SIGNORA LINDE. E non glielo dirai mai?

NORA *(riflettendo e sorridendo).* Sì... forse un giorno; fra molti, molti anni, quando sarò una donna sfiorita. Non ridere! Voglio dire quando l'amore di Torvaldo si sarà calmato, quando lui non si divertirà più a vedermi ballare, travestirmi, recitare per lui. Fra molti anni aver qualcosa di nascosto mi aiuterà a vivere... *(Interrompendosi)* Ma quel giorno non verrà mai!... E allora, Cristina, che ne dici di questo grande segreto? Non sono anch'io una donna capace di sacrificarmi?... Quante ansie, però! Dover pagare alla scadenza, si chiama scadenza: e non sempre si è pronti a pagare proprio per quella data. Dover racimolare, risparmiare... Già, risparmiare. Ma che togliere dalle spese di casa? Torvaldo, poi, doveva vivere con tutti i comodi. E i bambini? Dovevo sacrificare i vestiti dei bambini? I miei angioletti!

SIGNORA LINDE. Hai dovuto quindi prelevare tutto questo dalle tue spese personali. Povera Nora!

NORA. Certo. D'altra parte, era più che giusto. Tutte le volte che Torvaldo mi dava del denaro per i miei vestiti, ne spendevo la metà. Comperavo sempre le cose più a buon mercato. (Per fortuna tutto mi sta addosso così bene che Torvaldo non si è mai accorto di nulla. Ma in certi momenti ci avrei pianto. L'eleganza fa piacere, no?)

SIGNORA LINDE. Certo.

NORA. Poi, qualche imprevisto. L'inverno scorso, per esempio, ho avuto l'incarico di ricopiare un incartamento. Mi chiudevo in camera, e fino all'alba... Ah, che stanchezza! Nondimeno, era tanto piacevole la sensazione di guadagnar soldi. Era quasi come se fossi un uomo.

SIGNORA LINDE. E in questo modo di quanto hai potuto scalare il tuo debito?

NORA. Esattamente non lo so. Gli affari di questo genere sono molto complicati. So soltanto di aver pagato tutto quello che potevo. Spesso non sapevo come rimediare... *(Sorride)* Allora, pensavo a un vecchio signore, molto ricco, che si era innamorato di me...

SIGNORA LINDE. Un vecchio signore? Chi?

NORA. Sciocchezze!... Moriva, aprivano il testamento, c'era scritto a caratteri alti, ben chiari: «Nomino mia erede la bella Signora Nora Helmer che entrerà subito in possesso delle mie sostanze».

SIGNORA LINDE. Ma, cara Nora... chi è questo signore?

NORA. Possibile che non capisca? Il vecchio signore non esiste, era soltanto un frutto della mia fantasia. Mi appariva tutte le volte che mi trovavo in imbarazzo. Del resto, ora tutto questo mi è indifferente. Quel caro, vecchio signore può stare dove più gli piace. Non mi importa più né di lui, né del suo testamento, perché ormai sono tranquilla. *(Si alza all'improvviso)* Oh, mio Dio, che gioia questo pensiero, Cristina! Tranquilla! Poter essere tranquilla, completamente tranquilla, giocare coi bambini, arredare la casa come piace a Torvaldo, a gusto suo. E presto sarà primavera, col cielo azzurro! Forse potremo allora fare un viaggetto. Rivedere il mare! Oh, che bellezza vivere ed essere felici! *(Suonano alla porta).*

SIGNORA LINDE *(alzandosi).* Suonano; è meglio che me ne vada.

NORA. No, no, rimani. Tanto da me non deve venire nessuno. Cercheranno Torvaldo.

DOMESTICA. Scusi, Signora... C'è un signore che vuol parlare con l'avvocato...

NORA. Col signor direttore, vorrai dire.

DOMESTICA. Col signor direttore, sì; siccome nello studio c'è il dottore non sapevo...

KROGSTAD *(sulla soglia).* Sono io, Signora. *(La signora Linde trasalisce, si turba e si volta verso la finestra).*

NORA. Lei? Che c'è? Cosa vuole da mio marito?

KROGSTAD. Devo parlargli riguardo la banca, Signora. Sono un funzionario del Credito Industriale, con un impiego modesto, e dato che suo marito diventerà, a quanto dicono, il nostro direttore...

NORA. È vero.

KROGSTAD. Affari personali, Signora, nient'altro. Affari noiosi.

NORA. Si accomodi, allora nello studio. *(Lo saluta freddamente chiudendo la porta dell'anticamera, poi va verso il caminetto).*

SIGNORA LINDE. Chi è?

NORA. Un certo Krogstad, un procuratore.

SIGNORA LINDE. Ah, era lui?

NORA. Lo conosci?

SIGNORA LINDE. L'ho conosciuto molti anni fa. È stato procuratore presso uno studio di notaio qui all'angolo.

NORA. Sì, è lui.

SIGNORA LINDE. Com'è cambiato!

NORA. Un matrimonio infelice, credo.

SIGNORA LINDE. È vedovo ora, vero?

NORA. Sì, con una tribù di figlioli. Guarda come tira bene adesso! *(S'allontana dal caminetto, spostando di lato la sedia a dondolo).*

SIGNORA LINDE. Dicono che si occupi di ogni sorta di affari.

NORA. Davvero? Possibile, non ne so niente... Ma non parliamo di affari, sono così noiosi! *(Entra il dottor Rank dallo studio di Helmer).*

RANK *(tenendo la porta socchiusa).* No, no, non voglio disturbarti; farò due chiacchiere con tua moglie piuttosto. *(Chiude la porta e si accorge della presenza della signora Linde)* Chiedo scusa; a quanto vedo disturbo anche qui.

NORA. Affatto. *(Presentando)* Il dottor Rank, la Signora Linde.

RANK. Un nome che si sente pronunciare spesso in questa casa. Abbiamo fatto le scale insieme, mi sembra.

SIGNORA LINDE. Sì, io più lentamente. Le scale mi affaticano.

RANK. Forse non sta bene?

SIGNORA LINDE. Un po' di esaurimento.

RANK. Nient'altro? È venuta in città per riposarsi passando da una festa all'altra?

SIGNORA LINDE. Sono venuta a cercare lavoro.

RANK. Crede che sia questo un rimedio efficace contro l'esaurimento nervoso?

SIGNORA LINDE. Bisogna pur vivere, egregio dottore.

RANK. Già, è l'opinione comune: si crede sia necessario.

NORA. Oh dottore, sono certa che anche lei tiene molto alla vita.

RANK. Certo che ci tengo. Ridotto male come sono, vorrei soffrire ancora il più a lungo possibile. Tutti i miei pazienti hanno lo stesso desiderio. E di questo parere sono anche coloro che hanno il morale scosso. Proprio in questo momento ho lasciato di là, da Torvaldo, uno di codesti esemplari da studio patologico.

SIGNORA LINDE *(con voce soffocata).* Ah!

NORA. Che vuol dire?

RANK. Parlo del procuratore Krogstad, un uomo che non conosce. È marcio fino alle midolla. Ebbene, anche lui ha affermato poco fa che la cosa più importante è vivere.

NORA. Davvero? Di che parlava con Torvaldo?

RANK. Non so. Qualcosa che aveva rapporto con la banca, credo.

NORA. Non sapevo che Krog... che questo signor Krogstad avesse a che fare con la banca di mio marito.

RANK. Sì, gli hanno dato una specie d'impiego. *(Alla signora Linde)* Non so se anche da voi, esista una razza di uomini che si affaticano a snidare ogni sorta di abiezioni. Poi, appena hanno scoperto qualche essere tarato, lo mettono in osservazione. E per poterlo fare con comodo gli procurano una occupazione. Le persone sane così rimangono a spasso.

SIGNORA LINDE. I malati hanno bisogno di cure.

RANK. Già. E in questo modo si trasforma la nostra società in un pubblico ospedale. *(Nora ch'era rimasta assorta nei suoi pensieri si mette a ridere battendo le mani)* Perché ride? Sa lei che cosa è la società?

NORA. Io non mi occupo della vostra noiosa società. Ridevo per un'altra cosa... una cosa molto buffa. Mi dica, dottore... tutti coloro che sono impiegati nella banca dipenderanno da Torvaldo?

RANK. È questa l'idea che fa tanto ridere?

NORA *(sorride e canterella).* «Oscar lo sa, ma non lo dirà!» Non badi a me. *(Passeggia per la stanza)* Sì, è divertente, e incredibile che noi... che Torvaldo sia diventato, all'improvviso, un personaggio importante. Che da noi dipenderanno tante persone. *(Prende dalla tasca il sacchetto di dolci)* Dottore, un cioccolatino?

RANK. Li credevo proibiti in questa casa.

NORA. Oh, questi me li ha regalati Cristina.

SIGNORA LINDE. Io?

NORA. Via, non aver paura, tu non potevi sapere che Torvaldo me li aveva proibiti. È preoccupato per i miei denti. Ma per una volta, vero, Dottore? La prego. *(Gli mette un cioccolatino in bocca)* A te, Cristina, e per me soltanto uno, il più piccolo, no due, oh non potete immaginare come mi sento felice! Non c'è che una cosa al mondo di cui ho una voglia matta!

RANK. Cioè?

NORA. Una cosa che vorrei dire alla presenza di Torvaldo.

RANK. E perché non la dice?

NORA. Non oso, è troppo volgare.

SIGNORA LINDE. Volgare?

RANK. Se è così, ha ragione, meglio non dirla. Ma con noi potrebbe... Dunque, cosa vorrebbe dire a Torvaldo?

NORA. Vorrei dire: Accidenti! Porca miseria! Maledizione!

SIGNORA LINDE. Ma, Nora...

RANK. Può dirglielo, credo. Eccolo.

NORA *(nascondendo il cartoccio).* Zitti! *(Helmer entra col soprabito sul braccio, il cappello in mano)* Ebbene, Torvaldo, sei riuscito a sbarazzartene?

HELMER. Sì, se n'è andato.

NORA. Posso presentarti?... È Cristina che è tornata qui in città.

HELMER. Cristina?... Mi scusi, ma non sapevo...

NORA. La Signora Cristina Linde.

HELMER. Ah, benissimo! Probabilmente un'amica d'infanzia di mia moglie?

SIGNORA LINDE. Precisamente, ci conosciamo da tanto tempo.

NORA. Pensa, ha fatto un lungo viaggio per rivedermi.

HELMER. Davvero?

SIGNORA LINDE. Non soltanto per questo.

NORA. Cristina è molto brava per ogni lavoro d'ufficio e desidererebbe tanto lavorare agli ordini di un uomo superiore per acquistare ancora più esperienza.

HELMER. Molto saggio da parte sua, Signora.

NORA. È così, quando ha letto sui giornali che eri diventato direttore di banca, si è messa in viaggio... Dimmi, Torvaldo: farai qualche cosa per Cristina? Ne sarei tanto contenta!

HELMER. La cosa non è impossibile. La Signora è forse vedova?

SIGNORA LINDE. Sì.

HELMER. E ha già lavorato in un ufficio?

SIGNORA LINDE. Sì.

HELMER. Allora, è probabile che possa trovare un posto...

NORA *(battendo le mani).* Visto?

HELMER. Lei è venuta nel momento più propizio, Signora.

SIGNORA LINDE. Non so come ringraziarla.

HELMER. Oh, non vale la pena di parlarne, *(mette il soprabito)* vi prego di scusarmi...

RANK. Aspetta: ti accompagno. *(Va a prendere la pelliccia nell'anticamera e la riscalda davanti al caminetto).*

NORA. Non restare molto tempo fuori, Torvaldo.

HELMER. Un'ora, non più.

NORA. Te ne vai anche tu, Cristina?

SIGNORA LINDE *(mettendosi il mantello).* Vado in cerca d'alloggio.

HELMER. Possiamo fare un pezzo di strada assieme.

NORA. È un peccato che il nostro appartamento sia così piccolo... c'è proprio impossibile...

SIGNORA LINDE. Di cosa parli? Arrivederci, cara Nora, e grazie.

NORA. Arrivederci. Ti aspetto stasera, naturalmente. E anche lei, dottore. Come? Se la salute glielo permette? Altroché! Basta che si copra bene. *(Escono chiacchierando dalla porta d'ingresso. Si sentono sulle scale, le voci dei bambini)* Eccoli! Eccoli! *(Corre ad aprire. Entra Anna Maria con i bambini).*

NORA. Entrate! *(Si china e li bacia)* Oh, i miei tesori! Guarda, Cristina, non sono belli?

RANK. Non restate nella corrente d'aria.

(Il dottor Rank e la signora Linde escono. Anna Maria entra con i bambini, seguiti da Nora che chiude la porta).

NORA. Che belle guancette rosse avete! Sembrano delle rose, delle piccole mele! I miei bambolotti forti e vispi *(I bambini le parlano tutti insieme)* Vi siete divertiti? Proprio? Hai tirato la slitta, Yvar? Con sopra Luny e Bob? Possibile? Tutti e due! Sei dunque così forte, Yvar! Oh, lasciamela un momento Anna Maria, la mia piccola bamboletta adorata! *(Prende la bambina e balla con lei)* Sì, sì, la mamma ballerà anche con Bob. Come? Avete fatto le palle di neve? Oh, come avrei voluto esserci anch'io! No! lasciami fare, Anna Maria. Voglio essere io a svestirli, lasciami fare, mi diverte tanto! Vai pure di là, devi essere gelata. C'è del caffè caldo per te in cucina. *(La governante esce dalla porta di sinistra. Nora toglie i mantelli e i cappelli dei bambini e li getta qui e là, a caso. I bambini continuano a parlare)* Davvero? Un grosso cane vi è corso dietro? Ma non morsicava. I cani non mordono i buoni bambini. Yvar, i pacchetti non si toccano. No, non c'è ce il babau in quei pacchetti! Volete giocare? A che? A mosca cieca? Sì, giochiamo a mosca cieca. Bob si metterà il fazzoletto per primo. Devo farlo io? Ebbene, sarò io. *(Nora e i bambini si mettono a giocare, gridando e ridendo sulla scena e nella camera accanto. Alla fine Nora si nasconde sotto la tavola. I bambini irrompono nella stanza come un uragano, e la cercano senza poterla trovare. Sentono il suo riso soffocato, si precipitano verso la tavola, alzano il tappeto e la vedono. Grida di gioia, Nora esce a quattro zampe come per spaventarli. Nuova esplosione di gioia. Nel frattempo qualcuno ha bussato alla porta, senza che nessuno ci abbia fatto caso. La porta si schiude, appare Krogstad. Egli aspetta un momento. Il gioco continua).*

KROGSTAD. Mi scusi, Signora Helmer...

NORA *(getta un grido, si alza a metà).* Ancora qui? Che vuole?

KROGSTAD. La porta d'ingresso era accostata. Qualcuno avrà dimenticato di chiuderla.

NORA *(alzandosi).* Mio marito è uscito, signor Krogstad.

KROGSTAD. Lo so.

NORA. Allora, cosa vuole?

KROGSTAD. Dirle una parola.

NORA. A me? *(Ai bambini)* Andate da Anna Maria. Cosa? No, questo signore non vuol fare del male alla vostra mammina. Quando se ne sarà andato, riprenderemo a giocare *(Conduce i bambini nella camera a sinistra e chiude la porta).*

NORA *(agitata)*. Vuole parlarmi?

KROGSTAD. Sì, lo voglio!

NORA. Oggi?... Ma non siamo ancora al primo del mese...

KROGSTAD. No, siamo alla vigilia di Natale. Dipende da lei che il Natale le apporti gioia o dolore.

NORA. Insomma, cosa vuole? Oggi, mi è proprio impos-sibile...

KROGSTAD. Sino a nuovo ordine, non parleremo di questo. Si tratta di tutt'altra cosa. Può concedermi un minuto?

NORA. Sì... sì... perché...

KROGSTAD. Bene. Ero seduto davanti al ristorante Olten e ho visto passare suo marito...

NORA. Ah!

KROGSTAD. Con una Signora.

NORA. Ebbene?

KROGSTAD. Posso farle una domanda? Quella Signora era la Signora Linde vero?

NORA. Sì.

KROGSTAD. Ed è arrivata?

NORA. Due ore fa.

KROGSTAD. È una sua amica?

NORA. Sì... ma non riesco ad afferrare...

KROGSTAD. Anch'io la conosco.

NORA. Lo so.

KROGSTAD. Davvero? Dunque è informata. Me lo immaginavo. Mi permetta, allora di chiederle se la Signora Linde avrà un posto in banca.

NORA. Come osa farmi una domanda simile, signor Krogstad? Lei che è un dipendente di mio marito? Ma perché me lo domanda, le risponderò, sì, la Signora Linde avrà un posto in banca. E per merito mio. Adesso sa tutto.

KROGSTAD. Proprio come immaginavo.

NORA. Sto diventando una donna quasi importante, come vede. Perciò... Signor Krogstad, un subalterno non dovrebbe mettersi contro qualcuno che...

KROGSTAD. È influente...

NORA. Precisamente.

KROGSTAD *(cambiando tono)*. Signora Helmer, lei vorrà, spero, essere così buona e adoperare la sua influenza a mio favore.

NORA. Come? Che significa?

KROGSTAD. Vorrà essere così buona da fare in modo che mantenga il modesto posto che ho in banca?

NORA. Chi pensa a portarglielo via?

KROGSTAD. È inutile fingere, Signora. Capisco benissimo che alla sua amica non sia gradito incontrarmi, ma so già che dovrò ringraziarla se sarò messo fuori.

NORA. Ma le assicuro...

KROGSTAD. In una parola, siamo ancora in tempo e le consiglio di adoperare la sua influenza per impedire questo licenziamento.

NORA. Ma, signor Krogstad, io non ho nessuna influenza.

KROGSTAD. Come? Ma poco fa diceva...

NORA. Alludevo ad altro. Come può credere che io abbia su mio marito...

KROGSTAD – Oh, conosco suo marito da quando andavamo a scuola assieme. Non credo che il signor direttore di banca sia più irremovibile degli altri mariti.

NORA. Se lei parlerà ancora contro mio marito, sarò costretta a metterla alla porta.

KROGSTAD. Che Signora coraggiosa!

NORA. Non mi fa più paura. Con l'anno nuovo mi libererò di lei.

KROGSTAD. Mi ascolti, Signora: se sarà necessario lotterò per difendere il mio posto, come se si trattasse di una questione di vita o di morte.

NORA. Non ne dubito.

KROGSTAD. Non si tratta soltanto dello stipendio: dello stipendio mi importa sino a un certo punto. C'è un'altra cosa. Ebbene, le dirò tutto, saprà certamente, come tutti sanno, che molti anni fa commisi un'imprudenza.

NORA. Mi sembra di averne sentito parlare.

KROGSTAD. Non fui denunciato, ma ogni strada da quel giorno... mi fu chiusa. Di qui il genere di affari che lei conosce. Per forza. Ma posso giurare di non aver fatto peggio di tanti altri. Ora voglio uscirne. I miei figlioli crescono e per loro voglio riacquistare la stima della gente per bene. Il posto in banca era il primo gradino. E suo marito mi ributterà nel fango.

NORA. Signor Krogstad, io non posso aiutarla.

KROGSTAD. Perché non vuole. Ma io ho i mezzi per costringerla.

NORA. Non vorrà dire a mio marito che io le devo...

KROGSTAD. E se glielo dicessi?

NORA. Sarebbe infame da parte sua. *(Con le lacrime agli occhi)* Questo segreto è la mia gioia, la mia fierezza: dovrebbe apprenderlo in modo così volgare, da lei? Mi metterebbe in una situazione spiacevole...

KROGSTAD. Soltanto spiacevole?

NORA *(vivacemente).* Ebbene parli, dica tutto. Mio marito potrà giudicarla, e peggio per lei.

KROGSTAD. Si direbbe che la sua preoccupazione sia soltanto d'indole domestica, vero?

NORA. Mio marito pagherà subito e così ci sbarazzeremo di lei.

KROGSTAD. Senta, Signora Helmer: o la sua memoria è labile, o lei non ha pratica di affari. Devo, in ogni caso informarla.

NORA. Cioè?

KROGSTAD. All'epoca della malattia di suo marito, lei venne a chiedermi in prestito seimila corone.

NORA. Non conoscevo altri.

KROGSTAD. Promisi di procurarle la somma.

NORA. E me la procurò.

KROGSTAD. A certe condizioni. Ma lei era così angosciata per la malattia di suo marito, e così ansiosa di avere il danaro per il viaggio, che si curò poco dei particolari. Ecco perché non è superfluo ch'io glieli ricordi. Ebbene, promisi di procurarle il danaro contro una ricevuta da me redatta.

NORA. E da me firmata.

KROGSTAD. Ma in calce aggiunsi qualche rigo per la garanzia di suo padre. Sotto egli doveva apporre la propria firma.

NORA. Doveva, ha detto? Ma ha firmato.

KROGSTAD. Avevo messo la data in bianco: questo voleva dire che suo padre l'avrebbe precisata all'atto della firma. Ricorda questo?

NORA. Sì.

KROGSTAD. L'obbligazione lei la dovette spedire subito; me la riportò infatti, dopo sei o sette giorni, firmata. E io le consegnai il danaro.

NORA. E alle scadenze io, puntualmente...

KROGSTAD. O press'a poco, ma torniamo al nostro discorso. Brutti momenti, per lei, Signora.

NORA. Sì..

KROGSTAD. Anche suo padre era malato.

NORA. Era morente.

KROGSTAD. Si ricorda, per caso, il giorno della sua morte?

NORA. Morì il 29 settembre.

KROGSTAD. Esatto, vede: non riesco a spiegarmi una circostanza curiosa. *(Estrae dalla tasca una carta).*

NORA. Quale circostanza? Non so...

KROGSTAD. La cosa strana è come abbia suo padre potuto firmare la ricevuta tre giorni dopo la sua morte: il due ottobre. *(Nora tace).* Può spiegarmelo? È anche palese che i caratteri della data non sono quelli di suo padre. È un'altra calligrafia, una calligrafia che non mi sarebbe difficile identificare. Ma dopotutto, questo si può anche giustificare. Una disattenzione di suo padre, e un'aggiunta dovuta a qualcuno non informato, o distratto. Poco male, ripeto. Ma la cosa essenziale è la firma. Ebbene, Signora Helmer, è la firma vera? Ha proprio firmato suo padre?

NORA *(dopo una breve pausa, alza la testa e lo guarda con aria di sfida).* No. Sono stata io a fare la sua firma.

KROGSTAD. È una confessione pericolosa, lo sa?

NORA. Perché? Tanto fra poco riavrà il suo sporco danaro.

KROGSTAD. Una domanda, prego. Perché non mandò l'obbligazione a suo padre?

NORA. Impossibile. Papà era morente (e non potevo dirgli,

nello stato di salute in cui era, che la vita di mio marito era pure minacciata. Era impossibile).

KROGSTAD. E, allora, sarebbe stato meglio rinunciare al viaggio in Italia.

NORA. Non potevo. Quel viaggio doveva salvare la vita a mio marito.

KROGSTAD. E non si è resa conto che commetteva una truffa?

NORA. Potevo preoccuparmi di questo in quel momento? E poi, già non potevo soffrirla per tutte quelle condizioni che pretendeva da me: la garanzia, la firma, mentre mio marito era in pericolo di vita.

KROGSTAD. È chiaro, Signora Helmer, che lei non ha un'idea della colpa commessa. Posso soltanto affermarle che l'atto che ha causato la mia rovina non fu più criminale del suo.

NORA. Vorrebbe farmi credere che anche lei ha commesso un atto di coraggio per salvare la vita di sua moglie?

KROGSTAD. Il codice non tien conto dei motivi che possono aver spinto a commettere un reato.

NORA. E, allora, vuol dire che abbiamo delle cattive leggi.

KROGSTAD. Cattive o no, se io portassi questo foglio davanti al tribunale, lei verrebbe processata e condannata secondo le leggi.

NORA. Non ci credo. Una figlia, dunque, non avrebbe il diritto di risparmiare al padre morente angosce e preoccupazioni? E neanche una moglie avrebbe il diritto di salvare la vita di suo marito? Io forse, non le conosco, le leggi, ma tali cose sono permesse, ne sono convinta. In qualche libro deve esserci scritto che sono permesse. E lei lo ignora? Ed è avvocato? Mi sembra poco abile, come uomo di legge, signor Krogstad.

KROGSTAD. Può darsi. Ma di affari, come il nostro, me ne intendo e lei sarà d'accordo con me, spero. Faccia quello che vuole, dunque; ad ogni modo, stia attenta: se sarò cacciato fuori, se dovrò davanti alla società precipitare un'altra volta, lei verrà a tenermi compagnia. *(Saluta ed esce).*

NORA *(riflette un istante, poi scrolla la testa).* Vuol farmi paura! Ma io non sono così sciocca. *(Si mette a raccogliere i cappottini dei bimbi; si ferma)* No, non è possibile! L'ho fatto per amore.

I BAMBINI *(sulla porta di sinistra).* Mamma, quel signore se n'è andato.

NORA. Lo so, ma non bisogna raccontare a nessuno che è stato qui. Neanche al babbo.

I BAMBINI. E, adesso, vuoi giocare?

NORA. No, no, non ora.

I BAMBINI. Ma, mammina, ce lo avevi promesso.

NORA. Non posso, tornate di là, ho tanto da fare. Siete dei bravi bambini. *(Li rimanda con dolcezza e chiude l'uscio. Si mette a sedere, prende il ricamo, da qualche punto)* No! *(Butta via il ricamo, va all'uscio di sinistra e chiama)* Elena, portami l'albero. *(Breve pausa)* No, è impossibile. Assolutamente.

DOMESTICA *(entra con l'albero di Natale).* Dove devo metterlo, Signora?

NORA. Lì *(indica il centro della camera).*

DOMESTICA. Devo portar altro?

NORA. Ho tutto, grazie. *(La domestica esce, Nora comincia a guarnire l'albero)* Qui i fiori, qui le candeline.. che mascalzone. Tutte sciocchezze! Senza senso! L'albero deve essere bello. Farò tutto quello che vorrai, Torvaldo. Canterò, ballerò... *(Helmer entra con una cartella sotto il braccio)* Già di ritorno?

HELMER. È venuto nessuno?

NORA. Qui? No.

HELMER. Strano. Ho visto Krogstad uscire dal portone.

NORA. Ah, è vero. È venuto.

HELMER. Naturalmente, ti avrà pregato di perorare la sua causa.

NORA. Sì.

HELMER. E avresti dovuto farlo come se lo cosa partisse da te. Indovino?

NORA. Sì, Torvaldo, ma...

HELMER. E tu hai consentito? Come hai potuto discorrere con un uomo simile, promettere, e poi dirmi una bugia.

NORA. Una bugia?

HELMER. Ti ho chiesto: è venuto nessuno? E tu pronta « no» *(La minaccia col dito).* Lodoletta, niente note false. *(La cinge col braccio)* Mai più Lodoletta. Non pare anche a te? *(Si mette a sedere davanti al caminetto)* Bhe, non pensiamoci più. Come si sta bene qui! Che pace! *(Guarda le carte).*

NORA *(affaccendata con l'albero. Dopo un silenzio).* Torvaldo.

HELMER. Che c'è?

NORA. Sono molto contenta di andare al ballo mascherato degli Stenborg, domani l'altro.

HELMER. E io sono molto curioso di vedere che costume indosserai.

NORA. Ho una rabbia...

HELMER. Perché?

NORA. Non trovo niente di grazioso, di originale. Tutta roba banale.

HELMER. E il mio scoiattolo si tormenta per questo?

NORA *(dietro la poltrona di Helmer, le mani sulla spalliera).* Hai molto da fare?

HELMER. Un incartamento della banca.

NORA. Ti occupi già della banca?

HELMER. Devo esaminare la posizione del personale, l'organizzazione degli uffici... Un lavoro che mi porterà via l'intera settimana. Per il primo dell'anno voglio essere in regola.

NORA. Per questo, quel povero Krogstad...

HELMER. Già...

NORA *(carezza i capelli di Helmer).* Ti pregherei, se il tuo lavoro non fosse così urgente...

HELMER. Sentiamo.

NORA. Nessuno è bravo come te nello scegliere, nel consigliare, e io al ballo, vorrei fare una bella figura: non potresti aiutarmi, immaginare qualcosa?

HELMER. La lodoletta invoca aiuto?

NORA. Non so decidere.

HELMER. Ebbene, decideremo e troveremo.

NORA. Come sei buono, Torvaldo. *(Si avvicina all'albero)* Che bell'effetto, questi fiori, no? *(Breve pausa)* Krogstad è proprio colpevole? Tanto grave è la sua colpa?

HELMER. Krogstad è un falsario. Capito? Firme false.

NORA. Forse la miseria...

HELMER. Già, o, come tanti altri, la leggerezza. Io non sono così spietato da condannare per sempre.

NORA. No, vero?

HELMER. Uno può redimersi, ma deve riconoscere la colpa ed espiare la pena.

NORA. La pena?

HELMER. Krogstad, invece, ha scelto un'altra soluzione. Ha tentato di cavarsela con gli espedienti, i raggiri: insomma, è un uomo rovinato. Irrecuperabile.

NORA. Tu credi che...

HELMER. Colpevole com'è, cosa può fare Krogstad se non mentire, simulare con tutti, compresi i suoi stessi figli? È costretto anche in famiglia, a tenere la maschera, e questo è orribile.

NORA. Perché?

HELMER. Ma perché la menzogna è un contagio, un veleno... un veleno che i bimbi respirano.

NORA. Sei sicuro di questo?

HELMER. Altroché! Come avvocato ho esperienza. Tutti i delinquenti precoci hanno avuto una madre simulatrice.

NORA. La madre?

HELMER. L'influenza dei genitori, specialmente materna, è decisiva. Naturalmente anche il padre può, con le sue colpe... E Krogstad ha avvelenato con la sua simulazione, con la sua maschera, la casa e i figli. È un uomo moralmente irrecuperabile. *(Si alza)* La mia lodoletta deve perciò promettere di non parlarmi mai più in favore di Krogstad. Voglio la tua promessa. Siamo intesi. Ti assicuro che mi sarebbe impossibile lavorare con lui. Sentirei un disagio fisico vedendomelo vicino.

NORA *(si riaccosta all'albero).* Che caldo! E io ho tante cose da fare.

HELMER. Vorrei prima di cena, dare un'occhiata al resto. Poi dovrò pensare al tuo costume. Poi... chissà, forse avrò anch'io qualche ninnolo da appendere all'albero; qualche ninnolo dentro la carta dorata. *(Le passa una mano sui capelli)* Il mio lucherino! *(Va nello studio chiude la porta).*

NORA *(dopo un silenzio, piano).* No, non è vero! È impossibile che sia così. Deve essere impossibile.

ANNA MARIA *(alla porta di sinistra).* Signora, i bambini, vogliono entrare.

NORA. No, no, che non vengano, stai di là con loro.

ANNA MARIA. Sì, Signora.

NORA *(dopo una pausa, pallida per lo spavento).* Io, rovinare i miei bambini! Avvelenare la nostra casa! Io! No, non è possibile, non è vero! Non è vero!

ATTO SECONDO

Stessa scena. L'albero di Natale spoglio è stato messo in un angolo vicino al piano. Il cappello e il soprabito di Nora sono stati posati sul divano. Nora sola cammina su e giù per la stanza, poi si ferma vicino al divano e prende il soprabito.

NORA *(lasciando cadere il soprabito).* Qualcuno è venuto qui. *(Va verso la porta, tende l'orecchio)* No, non c'è nessuno. No, non può essere per oggi: è Natale. E nemmeno per domani... ma forse... *(apre la porta e guarda fuori)* no, nella cassetta delle lettere non c'è niente: è vuota. Che pazzia! Non faceva sul serio. Una cosa simile non deve capitare a me. Ho tre figli. *(Anna Maria, con una grande scatola, entra dalla porta di sinistra).*

ANNA MARIA. Ho trovato finalmente la scatola con il costume.

NORA. Bene; mettila sulla tavola.

ANNA MARIA *(ubbidendo).* Il costume sarà un po' sciupato.

NORA. Ah! Vorrei strapparlo in mille pezzi.

ANNA MARIA. Oh, no, perché? Si può metterlo in ordine; basta un po' di pazienza.

NORA. Già; andrò dalla Signora Linde per pregarla di darmi una mano.

ANNA MARIA. Vuole uscire un'altra volta? Con questo tempo? Prenderà freddo... (Potrebbe ammalarsi, Signora).

NORA. Potrebbe capitarmi di peggio... Cosa fanno i bambini?

ANNA MARIA. Giocano con i doni di Natale, ma...

NORA. Parlano, spesso di me?

ANNA MARIA. Sono abituati a stare sempre con lei.

NORA. Sì, Anna Maria, ma d'ora in poi non potrò stare tanto spesso con loro.

ANNA MARIA. I bambini si abituano a tutto.

NORA. Lo credi? Credi che dimenticherebbero la loro mamma se se ne andasse per sempre?

ANNA MARIA. Per l'amor di Dio, Signora!... per sempre!

NORA. Dimmi, Anna Maria... mi sono spesso chiesta una cosa. Come hai avuto il coraggio di affidare tuo figlio a degli estranei?

ANNA MARIA. Ho dovuto farlo per essere la balia della mia piccola Nora.

NORA. Già, ma come hai potuto dividerti?

ANNA MARIA. Mi si offriva un buon posto. Una fortuna per una ragazza nei guai. Perché lui, quel mascalzone, per me non ha fatto nulla.

NORA. Tua figlia ti avrà dimenticata.

ANNA MARIA. Nemmeno per sogno. Mi ha scritto quando ha fatto la prima comunione e poi quando si è sposata.

NORA *(gettandole le braccia al collo).* Vecchia mia, sei stata una buona madre per me quando ero piccola.

ANNA MARIA. La mia Noretta ha avuto per mamma soltanto me.

NORA. E se i miei piccoli non l'avessero più, sono sicura che tu... Ma tutte queste sono chiacchiere... *(Apre la scatola)* Ritorna da loro. Bisogna che io... vedrai come sarò bella domani.

ANNA MARIA. Certamente. La Signora più elegante di tutte. *(Esce dalla porta di sinistra).*

NORA *(aprendo la scatola).* Se soltanto osassi uscire. Se fossi sicura che nessuno mi vede. E se venisse qualcuno? E se in casa succedesse qualcosa? Ma no, chi deve venire, che deve succedere ancora? Basta non pensarci. Belli questi guanti, belli... sciocchezze! Uno due tre quattro cinque... *(Campanello. Getta un grido)* Ah, eccoli... *(Vorrebbe andare all'ingresso; si ferma.*

Entra la signora Linde: ha lasciato in anticamera il mantello e il cappello.) Ah, sei tu Cristina? Brava. Sei sola? Non c'è nessuno con te? Arrivi a proposito.

SIGNORA LINDE. Ho saputo che mi cercavi.

NORA. Sì, mi trovavo a passare da casa tua. Volevo pregarti di aiutarmi. Sediamoci sul divano. Ecco di che si tratta. Domani ci sarà un ballo in costume al piano di sopra, dal console Stenborg, Torvaldo vuole che io mi mascheri da pescatrice napoletana. Dovrò anche ballare la tarantella. L'ho imparata a Capri.

SIGNORA LINDE. Magnifico!

NORA. Ecco il costume. Torvaldo me l'ha fatto fare laggiù, ma è così sciupato che non so proprio...

SIGNORA LINDE. Si può riparare; soltanto la guarnizione è un po' scucita. Presto, dammi un ago e il filo. Ah, qui c'è tutto.

NORA. Sei molto gentile!

SIGNORA LINDE. Così ti metterai in maschera, domani? Farò un salto per vederti. Dimenticavo di ringraziarti per la bella serata di ieri..

NORA *(alzandosi).* Veramente non è stata poi tanto bella. Qui, di solito... dovevi venire prima in città, Cristina... Bisogna riconoscere che Torvaldo sa rendere la casa attraente e ospitale...

SIGNORA LINDE. Anche tu, mi sembra... Sei proprio la figlia di tuo padre. Ma dimmi il dottor Rank è sempre così depresso come era ieri?

NORA. No, ieri lo era più del solito. Soffre di una terribile malattia: alla spina dorsale. Suo padre era un vizioso. Aveva molte amanti... e altre cose anche peggiori si potrebbero dire sul suo conto. Per questo il figlio è stato malaticcio sin da piccolo.

SIGNORA LINDE *(interrompendo il lavoro).* Come fai a sapere tutte queste cose?

NORA. Quando una donna ha avuto tre figli... quando si ricevono certe signore che di medicina se ne intendono...

SIGNORA LINDE *(riprende a cucire, dopo una pausa).* Il dottor Rank viene tutti i giorni a farti visita?

NORA. Tutti i giorni. È il migliore amico di giovinezza di Helmer e anche il mio. Il dottor Rank è, per così dire, di casa.

SIGNORA LINDE. Ma dimmi, è un uomo sincero? Voglio dire... non gli piace fare dei complimenti?

NORA. È tutto l'opposto. Perché dici questo?

SIGNORA LINDE. Quando me l'hai presentato ha detto di aver sentito pronunciare spesso il mio nome in questa casa; eppure tuo marito sembrava non avere la più lontana idea della mia esistenza. Come spieghi, allora che il dottor Rank...

NORA. Hai ragione. Torvaldo mi adora; vuole che gli appartenga interamente, come dice. Nei primi tempi del nostro matrimonio il sentire pronunciare soltanto il nome di una persona che, nel passato, mi era stata cara, lo rendeva geloso. Naturalmente, da allora, mi sono astenuta dal dirgli... ma col dottor Rank ne parlo spesso. Si diverte un mondo ad ascoltarmi.

SIGNORA LINDE. Senti, Nora; in molte cose sei rimasta una bambina. Io sono più anziana di te e ho un po' più d'esperienza. Voglio darti un consiglio a proposito del dottor Rank: dovresti interrompere questa...

NORA. Interrompere che?

SIGNORA LINDE. Ieri mi hai parlato di un ricco corteggiatore che doveva procurarti il denaro.

NORA. È vero, ma disgraziatamente non esiste. E poi?

SIGNORA LINDE. Il dottor Rank è ricco?

NORA. Sì.

SIGNORA LINDE. E la famiglia?

NORA. Non ha nessuno.

SIGNORA LINDE. E viene qui tutti i giorni?

NORA. Ti ho già detto di sì.

SIGNORA LINDE. Mi domando come un uomo per bene può essere così indiscreto.

NORA. Non ti capisco.

SIGNORA LINDE. Non recitare la commedia, Nora. Credi proprio che non abbia indovinato da chi ti sei fatta prestare quel denaro?

NORA. Ma hai perduto la testa? Puoi credere una cosa simile? Da un amico che viene qui tutti i giorni! La situazione sarebbe impossibile.

SIGNORA LINDE. Così non si tratta proprio di lui?

NORA. No, certo. Questa idea non mi è, nemmeno lontanamente, passata per la testa. Eppoi a quell'epoca non avrebbe potuto imprestarmi niente. L'eredità l'ha avuta dopo.

SIGNORA LINDE. Credo che sia stata una fortuna per te, Nora.

NORA. Oh, non penserei mai di chiedere al dottor Rank... Per quanto sia sicura che se gli chiedessi...

SIGNORA LINDE. Ma questo non lo farai.

NORA. No, di certo, non ne vedo la necessità. Ma sono sicura che se ne parlassi col dottor Rank...

SIGNORA LINDE. All'insaputa di tuo marito?

NORA. Bisogna che esca dai pasticci. È una storia che deve finire.

SIGNORA LINDE. È quello che ti dicevo ieri; ma...

NORA. Un uomo può trovare più facilmente di una donna la strada per liberarmi da questi guai.

SIGNORA LINDE. Se alludi a tuo marito, sì.

NORA. Sciocchezze! *(Si ferma)* Quando si è finito di pagare, restituiscono l'obbligazione, vero?

SIGNORA LINDE. Naturalmente.

NORA. E la si può fare in mille pezzi e buttarla... quella sudicia carta!

SIGNORA LINDE *(la guarda fissamente, depone il vestito e si alza lentamente).* Nora, tu mi nascondi qualcosa.

NORA. Te ne accorgi dal mio viso?

SIGNORA LINDE. Da ieri mattina è accaduto qualcosa. Nora, che è successo?

NORA *(voltandosi verso di lei).* Cristina! *(È in ascolto)* Zitta! È tornato mio marito. Va' nella camera dei bambini. A Torvaldo non piace veder cucire. Dì ad Anna Maria che ti aiuti.

SIGNORA LINDE *(prendendo il vestito).* Bene; ma non me ne andrò prima che tu non mi abbia detto tutto. *(Esce dalla porta di sinistra mentre Helmer entra da quella dell'anticamera).*

NORA *(andandogli incontro).* Ti aspettavo con tanta impazienza, tesoro.

HELMER. Era la sarta quella che è uscita?

NORA. No, era Cristina, mi aiutava a riparare il costume. Vedrai che figura farò!

HELMER. Sì, ho avuto un'idea brillante!

NORA. Una grande idea. Anch'io però ho la mia parte di merito; faccio tutto a tuo modo.

HELMER. Ti vanti perché mi ubbidisci? Ah, la mia lodoletta un po' folle! Lo so che non volevi dire questo; adesso dovrai provare il costume; forse io ti disturbo.

NORA. Vai a lavorare?

HELMER. Un'altra pratica. Sono stato alla banca. *(Si avvia).*

NORA. Torvaldo...

HELMER. Che c'è?

NORA. Se il tuo scoiattolo ti domandasse, ma seriamente, un piacere...

HELMER. Che piacere?

NORA. Me lo faresti?

HELMER. Anzitutto bisognerebbe sapere di che si tratta.

NORA. Ah, se tu gli dicessi di sì, lo scoiattolo salterebbe dalla gioia, ti salterebbe al collo, farebbe tante pazzie.

HELMER. Sentiamo.

NORA. E quanti gorgheggi farebbe la lodoletta, in tutti i toni, per tutta la casa.

HELMER. Non sarebbe una novità. La lodoletta gorgheggia sempre.

NORA. Ballerei per te meglio delle ninfe sotto la luna.

HELMER. Mi hai l'aria di voler riprendere un certo discorso. Anche stamane hai tentato.

NORA. Torvaldo, ti supplico...

HELMER. Hai il coraggio di insistere?

NORA. Ti supplico, Torvaldo, accontentami. Non licenziare Krogstad.

HELMER. Ho già messo al suo posto la Signora Linde.

NORA. Potresti licenziare un altro.

HELMER. La tua ostinazione è assurda. (Perché ieri hai fatto una promessa senza riflettere, adesso vorresti...)

NORA. (No, no! È per te!) Mi hai detto che quell'uomo collabora con certi giornali senza scrupoli: potrebbe allora... io ho paura per te.

HELMER. Capisco certi ricordi ti preoccupano.

NORA. Che vuoi dire?

HELMER. Pensi a tuo padre.

NORA. Sì, ecco, a mio padre, alle calunnie che gli buttarono addosso, a tutto quel fango. Sarebbe stato destituito se il Ministero non avesse affidato a te l'inchiesta.

HELMER. Fra tuo padre e me c'è una grande differenza. Non era un funzionario esemplare, mentre io sono e spero di rimanere...

NORA. Ma la gente perfida è capace di tutto. E noi potremmo vivere così tranquilli, così felici, nel nostro nido, noi e i bambini. Senza pensieri. Ecco perché insisto.

HELMER. Ormai tutti sanno che Krogstad sarà mandato via. Se si venisse a sapere che le decisioni del direttore possono mutare perché la moglie...

NORA. E con questo?

HELMER. Importa poco, naturalmente, purché trionfi la tua piccola vanità. Credi proprio ch'io voglia rendermi ridicolo col personale? (Puoi essere certa che le conseguenze si farebbero presto sentire). E poi... c'è un altro motivo che rende incompatibile la presenza di Krogstad alla Banca sinché ne sarò il direttore.

NORA. Qual è?

HELMER. Per quanto riguarda la sua tara morale potrei anche esser indulgente...

NORA. E allora?

HELMER. Tanto più che sembra essere un ottimo impiegato. Ma ci conosciamo da ragazzi, purtroppo, e quella sua ostentazione di darmi del tu davanti a tutti, con un'assoluta mancanza di tatto, il tono quasi familiare che usa con me, anche a sproposito, quelli non li sopporto. Renderebbe la mia situazione alla Banca intollerabile.

NORA. Torvaldo, tu non puoi pensare una parola di quello che dici.

HELMER. Perché non dovrei farlo?

NORA. I tuoi sarebbero pretesti meschini.

HELMER. Davvero? Allora anch'io sono meschino... Eh, sì! Scusa: se lo sono i miei pretesti. Ebbene, è ora che tutto questo finisca! *(Chiama)* Elena!

NORA. Che vuoi fare?

HELMER. Prendere una decisione. *(Entra la domestica)* Prendete questa lettera. Fatela subito recapitare da un Fattorino. Ma presto. Ecco il danaro.

DOMESTICA. Bene, signore. *(Esce con la lettera).*

HELMER *(piegando le carte).* Ecco fatto! Contenta?

NORA *(con la voce strozzata).* Cosa c'era scritto in quella lettera?

HELMER. Il licenziamento di Krogstad.

NORA. Riprendila, Torvaldo! Sei ancora in tempo! Oh, Torvaldo, riprendila! Fallo per me... per te stesso, per i bambini! Dammi retta, Torvaldo! Fallo! Non immagini le conseguenze che potrebbe avere per noi!

HELMER. Troppo tardi!

NORA. Sì, troppo tardi!

HELMER. Cara Nora, la tua angoscia mi offende, ma ti perdono. Credere che io tema la vendetta di quel disgraziato significa dubitar di me. Ma questa tua angoscia è anche una prova d'amore, e ti perdono. *(La prende tra le braccia)* Deve essere così, Nora. Succeda quel che devo succedere. Nei momenti importanti ho la forza e il coraggio per assumere ogni responsabilità!

NORA *(con spavento).* Che vuoi dire?

HELMER. La responsabilità di ogni cosa.

NORA *(risoluta).* No, questo mai.

HELMER. Bene, allora sopporteremo ogni peso a metà: da bravo marito e da brava moglie. (Così dev'essere). *(Accarezzandola)* Contenta, adesso? Andiamo, basta con queste occhiate da colomba atterrita. Le tue non sono che fantasticherie! E, adesso, dovresti provare la tarantella, esercitarti col tamburello. *(Si avvia)* Io chiudo l'uscio, mi rintano nello studio, e così puoi fare il rumore che vuoi. *(Entra nello studio)* (Quando Rank verrà, fallo entrare da me). *(Helmer richiude la porta).*

NORA *(atterrita, inchiodata al pavimento, piano).* Sarebbe capace di farlo! E lo farà. Ah, no, mai! Qualsiasi cosa, ma questo no! Occorre un rimedio, un aiuto... *(Campanello)* Il dottor Rank!... Qualsiasi cosa, ma questo no! *(Cerca di ricomporsi, va incontro a Rank il quale lascia in anticamera la pelliccia. Nel corso della scena si farà sera)* Buongiorno, dottore. Ho riconosciuto la sua scampanellata. Non vada da Torvaldo. Dev'essere occupato.

RANK. E lei?

NORA *(chiudendo la porta).* Lo sa: ho sempre un po' di tempo per lei.

RANK. Grazie. Ne approfitto, allora, in attesa di quel che deve accadere.

NORA. Che vuol dire? (... Di quel che deve accadere)?

RANK. Sì è così; l'ho spaventata?

NORA. È una frase un po' strana. Cosa deve accadere?

RANK. Quello che da tanto tempo ho previsto. Ma non credevo che si avverasse così presto.

NORA *(prendendolo per* un *braccio).* Che c'è? Cosa le hanno detto? (Deve dirmelo, dottore).

RANK *(si mette a sedere vicino al camino).* Va male, per me: sono arrivato alla fine della mia strada. Non c'è più niente da fare.

NORA *(sollevata).* Ah, si tratta di lei?

RANK. E di chi mai? Perché mentire a se stessi? Io sono il mio malato più grave, cara Signora. Ho fatto, in questi giorni, un attento esame: bancarotta! Fra un mese o due forse, sarò al cimitero.

NORA. Che brutti discorsi!

RANK. È brutto anche il male. Il peggio è lo sfacelo che deve precedere la catastrofe. Mi resta un altro esame: e poi saprò quando l'ultima crisi comincerà. A proposito, devo avvertirla: Torvaldo, sensibile com'è, ha un profondo ribrezzo per tutto quello che è la miseria umana: di conseguenza, non lo voglio al mio capezzale.

NORA. Ma dottore...

RANK. Non lo voglio, assolutamente. Se verrà gli farò chiudere la porta in faccia. Quando l'inizio della crisi sarà certo, manderò un biglietto da visita segnato da una croce nera: e voi capirete (che il mio desolato tramonto è cominciato).

NORA. Oggi con lei non si ragiona. E io che desideravo tanto vederla di buon umore!

RANK. Con la morte davanti agli occhi? Espiare per una colpa non commessa? È giustizia, questa? E dire che in ogni famiglia, per una causa o per l'altra, esiste un'espiazione simile a questa.

NORA *(tappandosi le orecchie).* Zitto, dottore, zitto. (Stiamo allegri).

RANK. C'è da stare allegri, infatti. La mia innocente spina dorsale deve scontare le pazzie che deliziarono il tenente mio padre.

NORA. Gli piacevano molto gli asparagi, vero? E il pasticcio di fegato d'oca.

RANK. E i tartufi.

NORA. I tartufi e le ostriche.

RANK. Anche le ostriche, s'intende.

NORA. E fiumi di Porto e di champagne. Peccato che tutte queste belle cose portino alla rovina. *(Rank la guarda e sorride)* Perché sorride?

RANK. È lei che sorride.

NORA. No, lei.

RANK *(si alza).* Non la facevo così maliziosa.

NORA. Oggi sono in vena di sciocchezze.

RANK. Si vede.

NORA *(le mani sulle spalle di Rank).* Caro dottore, perché morire? Non deve lasciarci.

RANK. Oh, farete presto a consolarvi. Quelli che se ne vanno sono così presto dimenticati!

NORA *(guardandolo con apprensione).* Crede?

RANK. Si fanno delle altre conoscenze, e allora... Lei ha già cominciato. La Signora Linde, per esempio.

NORA. Non sarà geloso di Cristina, spero.

RANK. Sì, sono geloso. Prenderà il mio posto.

NORA. Parli piano: è di là.

RANK. È qui anche oggi? Vede?

NORA. Sta riparando il mio costume. Dottore, non sia assurdo! Ora dev'essere ragionevole. Vedrà, domani sera, dagli Stenborg, come ballerò bene. E ballerò per lei, sa? (E anche per Torvaldo, certo). *(Prende la scatola)* Si metta a sedere, qui, con me. Guardi!

RANK. Calze di seta.

NORA. Color carne. Belle, no? Adesso non le può apprezzare: c'è poca luce; ma domani sera... Guardi la pianta del piede... Suvvia non faccia il difficile. Crede che non mi stiano bene?

RANK. Non sono abbastanza competente in materia.

NORA. Com'è cattivo oggi! *(Frusta con le calze l'orecchio di Rank)* Ecco quel che si merita! *(Rimette le calze a posto).*

RANK. E le altre meraviglie?

NORA. Niente, non le faccio più vedere niente. *(Ripone le calze nella scatola)* Lei è troppo cattivo oggi. *(Canterella e fruga nella scatola).*

RANK. Penso sempre, quando sto qui con lei, che sarebbe stato di me se la vostra casa non mi avesse accolto.

NORA. Non le dispiace stare con noi, vero?

RANK *(dopo una pausa).* E dover lasciare tutto!

NORA. Nemmeno per sogno!

RANK. E non poter lasciare nemmeno un segno di gratitudine, niente altro che una breve tristezza. Ecco; una breve tristezza e un posto che il primo venuto occuperà.

NORA. E se io le domandassi... No!

RANK. Se mi domandasse... che cosa?

NORA. Se io le domandassi una grande prova di amicizia... di affetto... Un enorme favore...

RANK. Vorrebbe dunque darmi questa gioia?

NORA. Ma lei non sa di che si tratta.

RANK. La prego, mi dica.

NORA. Non posso. È troppo importante. E poi è anche d'un consiglio che ho bisogno.

RANK. Tanto meglio. Mi dica tutto. Non ha fiducia in me?

NORA. Come in nessun altro. Lei è il mio più grande amico,

ed è per questo... dottore, è un segreto. Bisogna impedire che... Lei sa quanto bene mi vuole Torvaldo. Non esiterebbe a dare la vita per me.

RANK. Solo Torvaldo?

NORA. Che?

RANK. Solo Torvaldo darebbe la vita per lei?

NORA *(con tristezza)*. Ah!

RANK. Nora, io dovevo farglielo sapere, prima di andarmene. Parli dunque, si confidi: adesso, lei sa.

NORA *(si alza. Semplicemente)*. Mi lasci passare.

RANK. Nora!

NORA *(va all'uscio di sinistra, chiama)*. Elena, la lampada. *(Torna. Si avvicina al caminetto)* Lei ha fatto molto male.

RANK. Male ad amarla?

NORA. Ha fatto male a dirmelo. Era superfluo.

RANK. Come? *(La cameriera entra con la lampada che posa su un tavolino. Esce)* Se ne era accorta?

NORA. Come posso risponderle? Peccato! Eravamo così buoni amici.

RANK. In ogni caso lei, ora, ne ha la certezza: può disporre di me.

NORA. Dopo quello che ha detto?

RANK. La prego, mi lasci fare per lei…

NORA. Non insista, dottore. Si trattava di un capriccio... Non ho bisogno di nessuno. *(Si mette a sedere. Lo guarda. Sorride)* Lei è molto buono, dottor Rank. (Non è un po' pentito ora che la lampada è accesa?)

RANK. (No.) Devo andarmene e non tornare più qui?

NORA. Niente affatto. Non è cambiato nulla. Verrete come sempre. E poi, Torvaldo, non può fare a meno di lei...

RANK. Lui, sì; ma lei...

NORA. La sua compagnia mi fa sempre piacere.

RANK. E questa è la causa del mio errore. Lei è proprio un enigma. Credevo che le piacesse stare con me come con Torvaldo.

NORA. Già. Si amano certe persone e si discorre volentieri con altre.

RANK. Quello che dice è forse vero.

NORA. A casa mia amavo, naturalmente, mio padre. Ma la mia felicità era andare, di nascosto, nelle camere delle donne di servizio: non mi facevano mai la predica; e avevano sempre da raccontare qualche storia buffa.

RANK. Ah! Bene! Io ho sostituito le donne di servizio.

NORA *(si alza, corre da Rank)*. Ma no, dottore, no, non volevo dir questo. Volevo dire che con Torvaldo è come con mio padre.

DOMESTICA *(entra dall'anticamera)*. Signora... *(Le parla all'orecchio e le porge una carta da visita)*.

NORA *(guardando la carta)*. Ah! *(La mette in tasca)*.

RANK. Niente di spiacevole?

NORA. Affatto; si tratta del mio nuovo costume...

RANK. Ma, e l'altro? Quello che è di là...

NORA. Sì, ma ne ho ordinato un altro. Torvaldo non lo deve sapere.

RANK. Ah, ecco il gran segreto!

NORA. Precisamente. Dottore, vada nello studio e impedisca a Torvaldo di venire qui. Mi raccomando.

RANK. Non dubiti. Farò buona guardia. *(Si avvia. Entra nello studio di Helmer)*.

NORA *(a Elena)*. È in cucina?

DOMESTICA. È salito dalla scala di servizio.

NORA. Gli hai detto che ho visite?

DOMESTICA. Sì, ma è stato inutile.

NORA. Non se ne è andato. Insiste.

DOMESTICA. Non se ne andrà finché non avrà parlato con la Signora.

NORA. E va bene. Che entri. Ma non fare rumore. E non dir niente. È una sorpresa per mio marito. *(Elena esce. Pausa)* Ci siamo! Ecco, l'orrore... No, non può, non deve accadere. *(Chiude a chiave la porta dello studio. Krogstad entra. Ha la pelliccia, gli stivaloni e il berretto di pelo)* Parli sottovoce, mio marito è in casa.

KROGSTAD. Non ha importanza.

NORA. Cosa vuole?

KROGSTAD. Sono stato licenziato.

NORA. Non ho potuto impedirlo, signor Krogstad. Mi sono battuta per lei sino all'ultimo, ma inutilmente.

KROGSTAD. Suo marito l'ama, dunque, tanto poco? Sa quello che può succedere, e malgrado questo osa...

NORA. Come può credere che io lo abbia informato?

KROGSTAD. No, non lo credo. Un tal coraggio non appartiene al carattere del mio vecchio Helmer.

NORA. Rispetti mio marito! Lo esigo!

KROGSTAD. Naturalmente. Tutto il rispetto che gli è dovuto. Ma la cura con la quale lei nasconde questo segreto mi fa supporre che si sia meglio informata sulla gravità dell'azione commessa.

NORA. Meglio informata di quanto abbia potuto far lei.

KROGSTAD. Ammetto di non essermi spiegato compiutamente. Sono un cattivo avvocato.

NORA. Cosa vuole?

KROGSTAD. Niente. Semplicemente vedere come stava, Signora. Ho pensato a lei tutto il giorno. Si può essere un impiegatuccio, un avvocato mediocre, un individuo della mia risma, insomma, e nello stesso tempo si può avere un po' di cuore.

NORA. Se lei ha un po' di cuore, pensi ai miei bambini.

KROGSTAD. E suo marito pensa ai miei? Ma lasciamo andare. Volevo dirle questo: non è il caso di prendere la faccenda in tragico. Non ho nessuna intenzione di sporgere denuncia per falso.

NORA. Ne ero sicura. (Grazie.)

KROGSTAD. Ci si può accordare tra noi, senza pubblicità.

NORA. Mio marito dovrà sempre ignorare.

KROGSTAD. Come è possibile? Lei lo ha, il danaro?

NORA. Per il momento, no.

KROGSTAD. Potrà averlo fra qualche giorno? D'altra parte, non servirebbe. L'obbligazione non gliela rendo. Voglio tenerla. Nessuno ne saprà mai niente. Così, se le passasse per la mente una cattiva idea, una decisione disperata...

NORA. Ci ho pensato.

KROGSTAD. ... abbandonare la casa, i figlioli...

NORA. Ci ho pensato.

KROGSTAD. ... o qualcosa di peggio... *(In altro tono)* Sono idee che vengono a tutti, in principio. Anch'io, quella volta... Ma mi mancò il coraggio.

NORA *(con voce opaca)*. Non se ne ha il coraggio!

KROGSTAD. Ah, anche lei! *(Una pausa)* Sarebbe un errore, un grosso sbaglio. Superata la prima tempesta coniugale... Ho una lettera per suo marito.

NORA. Ha intenzione di dirgli tutto?

KROGSTAD. Il tono della lettera è mite, mitissimo.

NORA *(vivacemente)*. Non deve vedere quella lettera. La strappi! Troverò il denaro...

KROGSTAD. Scusi, Signora, ma credo di averle già detto...

NORA. Oh, non parlo del danaro che le devo. Mi dica quanto pretende da mio marito, o glielo darò.

KROGSTAD. A suo marito non chiedo danaro.

NORA. Ma, allora, cosa vuole?

KROGSTAD. Riabilitarmi, far carriera. E suo marito mi deve aiutare. Da un anno e mezzo vivo onestamente, in lotta con ogni sorta difficoltà. Ma ero felice di risalire, poco a poco, a galla. Ora sono stato cacciato fuori, e non m'accontento più di essere ripreso per un atto di grazia. Ora voglio far carriera. Voglio un posto importante: un posto che suo marito deve creare per me.

NORA. Questo non lo farà mai!

KROGSTAD. Lo farà; lo conosco... ha paura degli scandali. Vedrà, prima di un anno sarò il braccio destro del direttore. Sarà Nilo Krogstad e non Torvaldo Helmer a dirigere la Banca.

NORA. Ecco una cosa che non potrà mai accadere.

KROGSTAD. Lo vorrebbe impedire lei?

NORA. Adesso ne ho il coraggio.

KROGSTAD. Oh, non mi fa paura. Una Signora delicata e distinta come lei...

NORA. Vedrà, vedrà...!

KROGSTAD. Sotto il ghiaccio, forse? Nell'umido e freddo abisso? E a primavera riapparire alla superficie, sfigurata, irriconoscibile...

NORA. Non mi mette paura.

KROGSTAD. Nemmeno lei. Quelle cose non si fanno, Signora Helmer. E poi a che scopo? Lei è in mano mia.

NORA. Quando non ci sarò più?

KROGSTAD. Dimentica che, in questo caso, avrò sempre in mie mani un ricordo di lei. (*Nora lo guarda interdetta*).

KROGSTAD. Dunque, l'ho avvertita. Niente sciocchezze! Quando Helmer avrà ricevuto la lettera, aspetto la sua risposta. E si ricordi ch'è stato suo marito a spingermi a questo. Questo non potrò mai perdonarglielo. Addio, Signora. *(Esce).*

NORA *(socchiude con precauzione la porta dell'anticamera e ascolta).* Se n'è andato! Non manderà quella lettera. No, no, è impossibile! (*Apre di più la porta)* Cosa fa? Si è fermato.

Ci pensa sopra. *(Si sente cadere una lettera nella cassetta. Poi il passo di Krogstad che si allontana).*

NORA *(soffoca un grido e corre sino alla tavola vicino al divano. Pausa).* È nella cassetta... Torvaldo, Torvaldo... ora siamo perduti!

SIGNORA LINDE *(entra dalla porta di sinistra con il costume).* Ho fatto del mio meglio. Vuoi provarlo?

NORA *(Con voce strozzata).* Cristina, avvicinati.

SIGNORA LINDE. Cos'hai? Sei sconvolta.

NORA. Avvicinati. Vedi quella lettera, nella cassetta?

SIGNORA LINDE. Sì, la vedo.

NORA. Quella lettera è di Krogstad.

SIGNORA LINDE. Nora!... È stato Krogstad a prestarti quel denaro?

NORA. Sì. E adesso Torvaldo saprà tutto.

SIGNORA LINDE. Meglio così, per entrambi.

NORA. Non sai tutto: ho falsificato una firma.

SIGNORA LINDE. Dio mio, cosa dici?

NORA. Ebbene, senti, Cristina. È necessario che tu mi faccia da testimonio.

SIGNORA LINDE. Testimonio di che? Parla!

NORA. Se dovessi impazzire... può capitare...

SIGNORA LINDE. Nora!

NORA. O se mi accadesse qualcos'altro... e io non fossi presente per...

SIGNORA LINDE. Nora, Nora, rientra in te!

NORA. Se qualcuno volesse addossarsi tutta la colpa... capisci...

SIGNORA LINDE. Sì, ma come puoi credere...?

NORA. In tal caso, devi testimoniare ch'è falso. Non sono fuori di me, ho la mente perfettamente lucida e ti dico: nessun altro sapeva, ho agito da sola. Ricordatelo.

SIGNORA LINDE. Sta bene, lo ricorderò. Ma non afferro ancora...

NORA. Ah, come puoi comprendere questo? Sta per avverarsi un prodigio!

SIGNORA LINDE. Un prodigio?

NORA. Sì, un prodigio. Ma è una cosa terribile: Cristina, questo non deve accadere; a nessun prezzo...

SIGNORA LINDE. Vado subito a parlare a Krogstad.

NORA. Non andarci. Ti farebbe del male.

SIGNORA LINDE. Una volta avrebbe fatto qualsiasi cosa per me.

NORA. Lui?

SIGNORA LINDE. Dove abita?

NORA. Che ne so? *(Fruga in tasca)* Ecco il suo biglietto da visita. Ma la lettera, la lettera!...

HELMER *(dallo studio, bussando alla porta)*. Nora!

NORA *(con un grido di angoscia)*. Che c'è? Cosa vuoi?

HELMER. Andiamo, non aver paura. Non possiamo entrare. Hai chiuso a chiave.. Stai provando il costume?

NORA. Sì. Sarò molto bella, Torvaldo.

SIGNORA LINDE *(dopo aver guardato il biglietto)*. Abita qui vicino, all'angolo.

NORA. Sì, ma a che serve? Siamo perduti. La lettera è nella cassetta.

SIGNORA LINDE. E tuo marito ha la chiave?

NORA. Sì.

SIGNORA LINDE. Krogstad può chiedere la restituzione della lettera prima che sia letta. Può trovare un pretesto qualsiasi.

NORA. Ma è proprio questa l'ora in cui Torvaldo ha l'abitudine...

SIGNORA LINDE. Cerca di distrarlo. Tornerò al più presto. *(Esce in fretta dalla porta dell' anticamera).*

NORA *(si avvicina alla porta di Helmer, l'apre).* Torvaldo!

HELMER *(da dentro).* Finalmente! Vieni a vedere, Rank. *(Appare)* Ebbene, cosa vuol dire?

NORA. Cosa, Torvaldo?

HELMER. E il costume? Rank mi aveva detto...

RANK. Avrò capito male.

NORA. Certo! Bisogna aspettare domani per vedermi in tutto il mio fulgore!

HELMER. Ma Nora, hai l'aria così stanca! Hai provato la tarantella?

NORA. No, non l'ho provata.

HELMER. Nemmeno una volta? È indispensabile.

NORA. Sì, Torvaldo, hai ragione. Ma devi aiutarmi. Da sola non ci riesco. Non ricordo più un passo.

HELMER. È un male da poco.

NORA. Bravo, Torvaldo. Finalmente ti occupi di me. Sono preoccupata. Ci sarà tanta gente... Per stasera, niente più affari. Allora, vuoi?

HELMER. Certo! Stasera sono tutto per te. A proposito devo vedere... *(Va verso la porta dell'anticamera).*

NORA. Dove vai?

HELMER. A vedere se c'è posta.

NORA.Ti prego, lascia stare...

HELMER. Perché?

NORA. Perché non c'è nulla.

HELMER. Do un'occhiata. *(Fa un movimento verso la porta).*

NORA *(al pianoforte. Suona le prime battute della tarantella).* Se non faccio una prova con te, come vuoi che possa ballare domani sera?

HELMER *(avvicinandosi a lei).* Tanta paura, dunque?

NORA. Tanta! Cominciamo subito, prima che sia pronta la cena. Mettiti al piano e accompagnami. Correggimi, dammi dei consigli, come fai sempre.

HELMER. Volentieri, se lo desideri. *(Si mette al piano).*

NORA *(leva dalla scatola un tamburello e una sciarpa colorata con la quale si drappeggia un attimo. Poi, con un balzo, è in mezzo alla stanza e grida).* Via, suona! Voglio ballare.

HELMER *(suonando).* Più adagio, più adagio.

NORA. Impossibile.

HELMER. Meno slancio, Nora.

NORA. Ci vuole.

HELMER. No, non ci vuole. Ti agiti troppo.

NORA *(ridendo e agitando il tamburello).* Cosa dicevo?

RANK. Mi metto io al piano, se permetti.

HELMER *(alzandosi).* Bravo; così dirigo meglio. *(Nora ricomincia a ballare, ma i suggerimenti di Torvaldo sono vani. È una tarantella furibonda. I capelli le si sciolgono. Non se ne accorge e continua a ballare; entra la signora Linde).*

SIGNORA LINDE *(interdetta).* Oh!

NORA. Capiti in piena follia, Cristina!

HELMER. Ma che modo di ballare, Nora! Sembra che si tratti di vita o di morte.

NORA. È così, è così!

HELMER. Fermati, Rank. È una vera pazzia! Smetti, ti dico! *(Il piano tace e Nora si ferma).*

HELMER. Incredibile! Hai dimenticato tutto quello che ti avevo insegnato.

NORA *(gettando il tamburello lontano).* Ti sei convinto?

HELMER. Hai bisogno di molte prove, devo guidarti.

NORA. Sì, Torvaldo. Devi guidarmi più che puoi. Me lo prometti?

HELMER. Certo, cara.

NORA. Stasera e domani non devi badare che a me. Niente affari. Neanche una lettera devi leggere.

HELMER. Capisco. Hai ancora paura di quell'uomo.

NORA. Sì, ho paura.

HELMER. E c'è una lettera sua...

NORA. Non lo so. Può darsi. Ad ogni modo, non devi leggere. Dopo, dopo: quando sarà tutto finito. Prima, tra noi due, neppure un'ombra.

RANK *(piano, a Helmer).* Non contrariarla.

HELMER *(la cinge col braccio).* Bambina mia, farò come vuoi. Ma domani, dopo che avrai ballato...

NORA. Sarai libero di fare ciò che vuoi.

DOMESTICA *(sulla porta a destra).* La Signora è servita.

NORA. Porta dello champagne, Elena.

DOMESTICA. Sì, Signora. *(Esce).*

HELMER. Eh! eh! A quanto pare faremo baldoria...

NORA. Fino all'alba. *(Grida alla porta)* E dei cioccolatini, Elena. Molti, per una volta tanto.

HELMER *(prendendole le mani).* Ma sì, ma sì, purché tu non abbia quell'aria sgomenta. Bisogna ch'io riveda la mia lodoletta gorgheggiante, come sempre.

NORA. Sì, Torvaldo, sì. Va' di là, intanto. E anche lei, dottore. Tu, Cristina, mi aiuterai a pettinarmi.

RANK *(si avvia con Torvaldo).* Non ti pare che ci sia qualcosa di strano...

HELMER. No, no; è quel timore puerile di cui ti parlavo. *(Escono a destra).*

NORA. Ebbene?

SIGNORA LINDE. Partito.

NORA. L'ho intuito appena t'ho visto.

SIGNORA LINDE. Torna domani sera: gli ho lasciato un biglietto.

NORA. Hai fatto male. Le cose devono seguire il loro corso. In fondo è una gioia aspettare la catastrofe?

SIGNORA LINDE. Cosa aspetti?

NORA. Non puoi capire. Va' di là, vengo subito. *(La signora Linde esce da destra).*

NORA *(resta immobile un momento, come per concentrarsi. Poi guarda l'orologio).* Le cinque. Sette ore a mezzanotte. Poi altre ventiquattro ore. Avrò già ballato la tarantella. Ventiquattro e sette? Mi restano ancora più di trenta ore da vivere.

HELMER *(sulla porta di destra).* Ma che fa sola sola la mia lodoletta?

NORA *(slanciandosi nelle sue braccia).* Eccola!

ATTO TERZO

Stessa scena degli atti precedenti. Tutti i mobili, tavole, sedie, divano, sono stati trasportati in mezzo alla stanza. La porta dell'anticamera è aperta. Si sente musica da ballo dal piano superiore. All'alzarsi del sipario la Signora Linde, seduta vicino alla tavola, sfoglia distrattamente un libro. Tenta, invano, di leggere: il suo pensiero è altrove. Di tanto in tanto lancia un'occhiata verso la porta d'ingresso e rimane in ascolto attentamente.

SIGNORA LINDE *(guardando l'orologio).* Non viene. È troppo tardi. A meno che... *(Ascolta ancora)* È lui. *(Va nell'anticamera e apre con cautela la porta. A bassa voce).* Entri, sono sola.

KROGSTAD *(sulla soglia).* Ho ricevuto il suo biglietto. Che vuol dire?

SIGNORA LINDE. Bisogna assolutamente che le parli.

KROGSTAD. Davvero? Ed è qui che dobbiamo parlare?

SIGNORA LINDE. Non potevo riceverla a casa mia, venga avanti, saremo soli. Gli Helmer sono alla festa da ballo, di sopra.

KROGSTAD *(entrando).* Ah, sì?... Gli Helmer ballano stasera? Davvero?

SIGNORA LINDE. Cosa c'è di straordinario?

KROGSTAD. Niente.

SIGNORA LINDE. Senta, Krogstad, dobbiamo parlare francamente.

KROGSTAD. Noi due? Cos'altro potremo dirci?

SIGNORA LINDE. Molte cose.

KROGSTAD. Non l'avrei creduto.

SIGNORA LINDE. Il fatto è che non mi ha mai capita.

KROGSTAD. Non vedo cosa ci fosse di così difficile da capire: una cosa come quella capita tutti i giorni; una donna senza cuore allontana un uomo quando le si presenta un partito migliore.

SIGNORA LINDE. Mi crede dunque una donna senza cuore? Crede anche che mi sia stato facile rompere?

KROGSTAD. Davvero?

SIGNORA LINDE. Ha proprio creduto questo, Krogstad?

KROGSTAD. E quella lettera? Perché mi ha scritto in quel modo?

SIGNORA LINDE. Non potevo agire diversamente. Dato che volevo rompere, dovevo strapparle dal cuore quello che sentiva per me.

KROGSTAD *(stropicciandosi le mani).* Ah, così?... E tutto per una questione di danaro.

SIGNORA LINDE. Non deve dimenticare che, allora, avevo a carico mia madre e due i fratellini. Non potevamo aspettare che la sua situazione finanziaria migliorasse.

KROGSTAD. Ammettiamolo. Tuttavia non aveva il diritto di respingermi per dare la preferenza ad un altro.

SIGNORA LINDE. Non lo so, me lo sono spesso domandato.

KROGSTAD *(a bassa voce).* Quando l'ho perduta, è come se mi fosse mancato il terreno sotto i piedi. Mi guardi: sono un naufrago aggrappato a un rottame.

SIGNORA LINDE. La salvezza forse non è lontana.

KROGSTAD. L'avevo a portata di mano, ed è stata lei a portarmela via.

SIGNORA LINDE. La cosa è stata fatta a mia insaputa. Soltanto oggi mi hanno detto che ho preso il suo posto alla Banca.

KROGSTAD. Ci credo perché è lei a dirmelo. E adesso che lo sa non sarebbe disposta a rinunciarvi?

SIGNORA LINDE. No, non le servirebbe a niente.

KROGSTAD. Eppure, io al suo posto lo farei.

SIGNORA LINDE. Ho imparato ad agire con cautela. La vita e il bisogno me lo hanno insegnato.

KROGSTAD. E a me la vita ha insegnato a non fidarmi delle parole.

SIGNORA LINDE. E nemmeno delle azioni si fida?

KROGSTAD. Che vuol dire?

SIGNORA LINDE. Lei ha detto che è un naufrago aggrappato a un rottame.

KROGSTAD. Ho le mie buone ragioni per parlare così.

SIGNORA LINDE. Anch'io sono una naufraga aggrappata a un rottame: nessuno a cui dedicarmi, nessuno che abbia bisogno di me.

Krogstad. L'ha voluto lei.

Signora Linde. Non avevo scelta.

Krogstad. Dove vuole arrivare?

Signora Linde. Se questi due naufraghi si tendessero la mano? Che ne dice, Krogstad?

Krogstad. Che le salta in mente?

Signora Linde. Non è meglio rifugiarsi sullo stesso rottame?

Krogstad. Cristina!

Signora Linde. Per quale motivo crede io sia venuta qui?

Krogstad. Avrebbe pensato a me?

Signora Linde. Mi tocca lavorare per vivere. Tutta la mia vita l'ho passata lavorando. Questa era la mia unica gioia. Ora, eccomi sola al mondo: c'è in me un vuoto spaventoso. Dover pensare solo a se stessi distrugge persino il fascino del lavoro. Suvvia, Krogstad, dia uno scopo al mio lavoro.

Krogstad. Non le credo. In lei parla l'orgoglio di una donna esaltata che vuole sacrificarsi.

Signora Linde. Lei, allora, può credermi un'esaltata?

Krogstad. Potrebbe proprio fare quello che dice? È a conoscenza di tutto il mio passato?

Signora Linde. Sì.

Krogstad. Conosce la mia reputazione, quello che si dice di me?

Signora Linde. Se ho ben capito lei crede che avrei potuto salvarla?

Krogstad. Ne sono certo.

Signora Linde. Non vogliamo tentare di nuovo?

Krogstad. Cristina! Ha ben riflettuto su quello che dice? Avrebbe il coraggio...?

Signora Linde. Ho bisogno di qualcuno a cui fare da madre, e anche i suoi figli hanno bisogno di una madre. Io ho fiducia in quello che c'è nel fondo della sua anima. Accanto a lei non avrò più paura di nulla.

Krogstad *(le prende le mani)*. Grazie, Cristina, grazie... ora devo riabilitarmi davanti al mondo e saprò farlo. Ah, dimenticavo...

Signora Linde. Zitto! La tarantella! Se ne vada, se ne vada!

KROGSTAD. Perché?

SIGNORA LINDE. Appena finita, ritorneranno.

KROGSTAD. Allora, me ne vado. Lei certo signora che io, contro gli Helmer...

SIGNORA LINDE. So.

KROGSTAD. E aveva il coraggio...

SIGNORA LINDE. So dove la disperazione può portare un uomo come lei.

KROGSTAD. Potessi rimediare!

SIGNORA LINDE. Lo può: la sua lettera è ancora là, nella cassetta.

KROGSTAD. Ma è sicura?

SIGNORA LINDE. Sì, ma...

KROGSTAD *(sospettoso)*. Ora capisco: voleva salvare la sua amica a qualunque costo... Lo confessi! È vero?

SIGNORA LINDE. Ascolti, Krogstad: chi per il bene degli altri si è venduto una volta, non ritenta.

KROGSTAD. Domanderò la lettera.

SIGNORA LINDE. No.

KROGSTAD. Aspetterò Helmer. Dirò che è inutile leggere, che si tratta...

SIGNORA LINDE. No, non la richieda.

KROGSTAD. Eppure la ragione del nostro incontro era questa: sia franca.

SIGNORA LINDE. Sì, nel primo momento: un momento di paura. Poi, qui, ho visto cose... incredibili. Helmer deve sapere tutto: è meglio. Meglio dissipare questo mistero, smetterla coi sotterfugi, con gli espedienti. È necessario che vi sia fra Nora e il marito una spiegazione.

KROGSTAD. A ogni modo c'è una cosa che posso fare... E la farò, subito.

SIGNORA LINDE. Vada, vada. La tarantella è finita.

KROGSTAD. Aspetto giù.

SIGNORA LINDE. Dovrà accompagnarmi.

KROGSTAD. Non sono mai stato così felice. *(Esce)*.

SIGNORA LINDE (*si mette il cappello e il mantello)*. Eccoli! (*Si sen-*

tono le voci di Helmer e di Nora: una chiave gira nella serratura e Helmer fa entrare Nora quasi di forza. Nora indossa un costume napoletano con un ampio scialle. Torvaldo in abito da sera col domino).

NORA *(sulla soglia).* No, non voglio entrare. Torniamo su.

HELMER. Cara, ti prego...

NORA. Anch'io ti prego, Torvaldo. Un'altra ora, un'ora sola.

HELMER. Neanche un minuto, era nei patti. Ma entra, se no prendi freddo. *(La spinge dolcemente).*

SIGNORA LINDE. Buona sera.

NORA. Cristina!

HELMER. Lei, Signora Linde? A quest'ora?

SIGNORA LINDE. Scusatemi, volevo veder Nora in costume.

NORA. E hai aspettato?

SIGNORA LINDE. Sono arrivata che eri salita da poco.

HELMER *(toglie a Nora lo scialle).* La guardi dunque, ne vale la pena. Un capolavoro.

SIGNORA LINDE. Proprio.

HELMER. È il giudizio di tutti, anche al ballo. Ma è ostinata questa ragazzina! Lo crederebbe che ho dovuto quasi impiegare la forza per costringerla a lasciare la sala?

NORA. Ah, Torvaldo! Ti pentirai di non avermi accordata sia pure una mezz'ora!

HELMER. La sente? Balla la tarantella; un meritato trionfo. Qua e là una certa esuberanza, ma non importa: un successone. Ebbene: dovevamo restare ancora? sciupare l'effetto? Ho dato il mio braccio alla bella ragazzina, la capricciosa ragazzina di Capri, abbiamo fatto il giro della sala fra gli inchini di tutti, e via, spariti. E con noi quel momento d'incantesimo. Come due eroi d'un romanzo, ma Nora queste cose non le capisce. Fa caldo qui dentro. *(Getta il domino sopra una sedia e apre la porta dello studio)* Come? Non c'è luce? Ah, è vero. Scusatemi. *(Entra e accende due candele).*

NORA *(basso, in fretta).* Ebbene?

SIGNORA LINDE. Gli ho parlato.

NORA. Allora?...

SIGNORA LINDE. Nora... bisogna dire tutto a tuo marito.

NORA *(con voce spenta).* Lo sapevo.

SIGNORA LINDE. Non hai da temere niente da Krogstad, ma devi parlare.

NORA. No.

SIGNORA LINDE. E, allora, la lettera parlerà per te.

NORA. Grazie, Cristina, adesso so quello che mi resta da fare. Zitta!

HELMER *(rientrando).* Ebbene, Signora, l'avete ammirata?

SIGNORA LINDE. Sì, ma adesso vi auguro la buona notte.

HELMER. Di già? *(Vede sulla tavola un lavoro a maglia)* È suo?

SIGNORA LINDE *(prendendolo).* Grazie, lo dimenticavo.

HELMER. Lei lavora a maglia?

SIGNORA LINDE. Certo.

HELMER. Ebbene, dovrebbe ricamare.

SIGNORA LINDE. Perché?

HELMER. È più grazioso. Guardi: il ricamo nella sinistra, e nella destra l'ago: si forma una curva leggera, elegante.

SIGNORA LINDE. Può darsi.

HELMER. Per il lavoro a maglia, invece... Non so. Bisogna come racchiudersi; e quei ferri che vanno su e giù: si direbbe una danza cinese. Ah, lo spumante era squisito!

SIGNORA LINDE. Buona sera, Nora, e non essere ostinata.

HELMER. Ben detto, Signora Linde.

SIGNORA LINDE. Buona sera, signor direttore.

HELMER *(accompagnandola alla porta).* Buona sera, buona sera: l'accompagnerei volentieri, ma lei abita a due passi. Buona notte. *(Chiude la porta)* Finalmente se n'è andata. È un po' petulante, vero?

NORA. Non sei stanco, Torvaldo?

HELMER. No, affatto.

NORA. Non hai sonno?

HELMER. No, al contrario, mi sento molto sveglio. E tu? Tu sì hai l'aria stanca e insonnolita.

NORA. Sì, sono molto stanca. E casco dal sonno.

HELMER. Come vedi, avevo ragione di volermene andare.

NORA. Hai sempre ragione.

HELMER *(baciandola sulla fronte).* La lodoletta finalmente dice qualcosa di giudizioso. Ti sei accorta come era allegro Rank stasera?

NORA. Davvero? Non ho avuto occasione di parlargli.

HELMER. Anch'io gli ho rivolto appena due parole, ma da molto tempo non lo vedevo così allegro. *(La guarda un istante, poi si avvicina)* Uhm! Che dolcezza, Nora: siamo soli nella nostra casa. Come sei bella, eccitante!

NORA. Non mi guardare così, Torvaldo.

HELMER. Perché non dovrei guardare il mio adorato tesoro? Questo tesoro che appartiene soltanto a me?

NORA *(scostandosi).* Non devi parlarmi così, stasera.

HELMER. Tu hai ancora nel sangue la tarantella. E questo ti rende ancor più seducente. Ascolta! Gli invitati se ne vanno. *(Più basso)* Nora, tra poco tutto sarà silenzioso in questa casa.

NORA. Lo spero.

HELMER. Nora, lo sai perché nelle feste come stasera ti parlo poco, me ne sto lontano, ti guardo appena? Perché fantastico. Tu diventi, nella mia immaginazione, il mio amore segreto, la mia fidanzata misteriosa. Nessuno deve conoscere la nostra relazione segreta.

NORA. I tuoi pensieri sono sempre con me, lo so.

HELMER. Poi, al momento d'andar via, ti metto lo scialle, vedo la tua nuca, sento la tua bellezza, e tu diventi, ecco, la mia sposa. È come se tornassimo dalla cerimonia nuziale... Ti porto a casa, restiamo soli. Solo, per la prima volta, con la mia trepida sposina. È tutta la sera che ti desidero.

Ballavi, sorridevi, provocavi, ardevi, e il mio sangue... Non ne potevo più... Ti ho trascinata via per questo prima che la festa finisse.

NORA. Ma adesso lasciami, ti prego. Non voglio.

HELMER. Non vuoi? Non sono tuo marito? *(Qualcuno bussa alla porta).*

NORA *(trasalisce).* Bussano...

HELMER *(va verso l'anticamera).* Chi è?

RANK *(di fuori)*. Sono io, posso entrare un momento?

HELMER *(contrariato)*. Che diamine vorrà? *(ad alta voce)* Un momento. *(Va ad aprire)* È davvero cortese passare davanti alla nostra porta e darci un saluto!

RANK. Un attimo soltanto. Ho sentito la tua voce. *(Guardandosi attorno)* Mi sembra, qui, di avere un amico in ogni mobile. Beati voi, in questa vostra pace!

HELMER. Ho notato che ti sei divertito molto stasera.

RANK. Moltissimo. E perché no? Perché non godere ogni attimo di questa nostra vita terrena? Il vino era eccellente...

HELMER. Sopratutto lo champagne.

RANK. L'hai notato anche tu? Quanto ne ho bevuto!

NORA. Anche Torvaldo!

RANK. Davvero?

NORA. Sì, e per questo ha quell'aria così buffa.

RANK. Ebbene, perché non si dovrebbe passare una bella serata, dopo un giorno ben impiegato?

HELMER. Per me è stata una giornata d'ozio. Non posso vantarmene.

RANK. Io, invece, mi vanto della mia.

NORA. Dottor Rank, scommetto che oggi ha studiato qualche caso clinico.

RANK. Proprio.

HELMER. Senti, la piccola Nora che parla di casi clinici!

NORA. E possiamo rallegrarci del risultato?

RANK. Certamente.

NORA. Un buon risultato, dunque?

RANK. Il miglior risultato, sia per il medico che per il malato: la certezza.

NORA *(rapida, fissandolo)*. La certezza?

RANK. Assoluta. Dopo questo non avevo diritto a un'allegra serata?

NORA. Certo, dottore.

HELMER. Sono anch'io dello stesso parere: purché tu non debba scontarlo domani.

RANK. Tutto si sconta nella vita.

NORA. Dottore... a lei devono piacere molto le feste in maschera.

RANK. Sì, sopratutto quando ci s'imbatte in travestimenti grotteschi.

NORA. Quale costume indosseremo la prossima volta, lei ed io?

HELMER. Che pazzarella! Pensa già al prossimo ballo in maschera!

RANK. Lei ed io? Ebbene, lei si travesta in fata benefica.

HELMER. Benissimo, ma come dovrà essere il costume?

RANK. Basterà che tua moglie sia come la vediamo ogni giorno.

HELMER. Ben detto! E tu che costume scegli?

RANK. Al prossimo ballo in maschera apparirò come un fantasma, o meglio come un essere invisibile.

HELMER. Che sciocchezza!

RANK. Esiste un cappello... Hai mai sentito parlare di un cappello che rende invisibili? Te lo metti e nessuno ti vede più.

HELMER *(sorridendo)*. Bene, bene, hai ragione.

RANK. Ma dimenticavo lo scopo della mia visita. Helmer, dammi un sigaro, uno dei tuoi avana.

HELMER. Col più grande piacere. *(Gli porge l'astuccio).*

RANK *(prendendo un sigaro e tagliandone la punta)*. Grazie.

NORA *(fregando un fiammifero)*. Mi permetta di offrirle del fuoco.

RANK. Grazie. *(Accende il sigaro)* E, adesso, addio!

HELMER. Arrivederci, caro.

NORA. Buon sonno, dottore.

RANK. Grazie per l'augurio.

NORA. Mi contraccambi lo stesso augurio.

RANK. A lei? Ebbene, se lo desidera... buon sonno. E grazie per il fuoco. *(Li saluta con un cenno della testa ed esce).*

HELMER. È leggermente brillo, no?

NORA *(distratta)*. Forse. *(Helmer prende dalla tasca le chiavi e va nell'anticamera).*

NORA. Torvaldo, cosa fai?

HELMER. Tolgo la posta dalla cassetta: è colma. Altrimenti non ci sarebbe posto per i giornali domattina...

NORA. Hai intenzione di lavorare stanotte?

HELMER. No... Cos'è successo? Qualcuno ha tentato di forzare la serratura.

NORA. La serratura?

HELMER. Certo. Che vuol dire? Non posso credere che le persone di servizio... Ecco una forcella. È una delle tue.

NORA *(subito)*. Saranno stati forse i bambini...

HELMER. Devi sgridarli. Uhm, s'è aperta! *(Prende le lettere e chiama)* Elena!... Elena! spegnete la lampada dell'ingresso. *(Entra e chiude la porta dell'anticamera)* Guarda, quante sono! *(Esamina le buste)* Cos'è questa?

NORA *(vicino alla finestra)*.Quella lettera? No, no, Torvaldo?

HELMER. Due biglietti da visita... di Rank.

NORA. Di Rank?

Helmer *(guardandoli)*. Rank, dottore in medicina. Li avrà gettati uscendo.

NORA. C'è scritto qualcosa?

HELMER. C'è soltanto tracciata una croce sul nome. Guarda! Che scherzo di cattivo gusto! Come se avesse voluto mandare una partecipazione di morte.

NORA. Era precisamente questa la sua intenzione.

HELMER. Come fai a saperlo? Ti ha detto qualcosa?

NORA. Sì. Quei biglietti sono il definitivo congedo da noi. Vuole chiudersi in casa e attendere la morte.

HELMER. Povero amico! Sapevo che non sarebbe rimasto a lungo con noi. Ma così presto! E vuol nascondersi, come un animale ferito.

NORA. Se questo doveva succedere, meglio che sia accaduto senza una sola parola. Non ti sembra, Torvaldo?

HELMER. Era diventato una persona di famiglia. Non posso credere che se ne possa andare via così. Con le sue sofferenze, con quel suo carattere chiuso, faceva da sfondo, da zona d'ombra nel quadro soleggiato della nostra felicità... Ebbene, forse è meglio che sia stato così... Almeno per lui. *(Si ferma)* E forse anche per noi, Nora. Eccoci, ora, esclusivamente l'uno per l'altro. *(La prende fra le braccia)* Amor mio! Non potrò mai abbracciarti abbastanza forte. Sai, Nora... talvolta vorrei vederti minacciata da un pericolo per poter esporre la mia vita, versare il mio sangue, rischiare tutto, tutto, pur di proteggerti!

NORA *(liberandosi, con voce decisa).* E adesso leggi le lettere, Torvaldo.

HELMER. No, no, non stanotte... voglio stare con te mogliettina adorata!

NORA. Con l'immagine di quel morto, del nostro amico?

HELMER. Hai ragione. Quella notizia ci ha sconvolto. È come se qualcosa di ripugnante si fosse insinuato fra noi! L'idea della morte e della decomposizione. Dobbiamo liberarcene. (Meglio dormire in camere separate.)

NORA *(gettandogli le braccia al collo).* Buona notte, Torvaldo... buona notte!

HELMER *(baciandola sulla fronte).* Buona notte, uccellino mio. Dormi tranquilla. Io leggerò le lettere. *(Va nello studio e chiude la porta).*

NORA *(a tentoni, con sguardo smarrito, va verso il domino di Helmer, lo prende e se lo stringe addosso, ripetendo con voce rotta, soffocata).* Non rivederli più... mai più... mai più... Né lui, né i miei bambini! Oh! quell'acqua ghiacciata, nera. Quella notte senza fondo!... Se fosse almeno tutto passato! Adesso, la apre, la legge. No, no, non ancora. Addio, Torvaldo, a te, e ai bambini. *(Si precipita verso la porta d'ingresso. Contemporaneamente Helmer apre con violenza quella dello studio e appare con una lettera spiegata in mano).*

HELMER. Nora!

NORA *(gettando un grido).* Ah!

HELMER. Che vuol dire?... Sai quello che c'è scritto qui?

NORA. Sì, lo so. Lasciami andar via! Lasciami andar via!

HELMER *(trattenendola).* Dove vuoi andare?

NORA *(tentando di liberarsi).* Non me lo impedirai, Torvaldo!

HELMER. Allora, è vero? Quello che c'è scritto qui è vero? No, no, è impossibile che sia vero!

NORA. È la verità. Ti ho amato più di qualsiasi altra persona al mondo!

HELMER. Finiscila con queste moine!

NORA. Torvaldo!

HELMER. Disgraziata, come hai osato?

NORA. Lasciami andar via. Non porterai il peso della mia colpa, non sarai responsabile di quello che ho fatto.

HELMER. Non recitare la commedia! *(Chiude la porta dell'anticamera)* Resterai qui e mi renderai conto dei tuoi atti. Comprendi quello che hai fatto? Dimmi, lo comprendi?

NORA *(lo guarda con acredine e con voce atona risponde).* Sì, comincio a capire il fondo delle cose, adesso.

HELMER *(camminando agitato per la stanza).* Per otto anni sei stata la mia gioia, il mio orgoglio, e adesso, a un tratto, ti riveli un'ipocrita, una bugiarda... peggio ancora, una criminale! Un baratro di bassezze... che orrore! *(Nora, muta, continua a guardarlo fissamente).*

HELMER *(fermandosi davanti a lei).* Avrei dovuto avere almeno il presentimento che una cosa simile sarebbe accaduta. Avrei dovuto prevederlo. Con l'assenza di principi morali di tuo padre... e tu quei principi li hai ereditati. Assenza di religione, di moralità, di ogni senso del dovere... E adesso sconto la colpa di aver gettato un velo sul suo modo di comportarsi. Per te l'avevo fatto. Ed ecco come mi ricompensi.

NORA. Sì, in questo modo.

HELMER. Adesso hai distrutto la mia felicità, annientando il mio avvenire. (Non posso pensarci senza fremere.) Eccomi nelle mani di un uomo senza scrupoli: può fare di me ciò che vuole, chiedermi qualunque cosa; comandare, disporre di me, senza che io possa reagire. Eccomi annientato dalla leggerezza di una donna.

NORA. Quando avrò lasciato questo mondo sarai libero.

HELMER. Rinuncia alle grandi frasi. Anche tuo padre ne aveva in abbondanza. Che ne ricaverei se anche tu lasciassi questo mondo, come dici? Quello parlerà lo stesso, e gli altri natural-mente mi crederanno complice della situazione criminosa. E proprio a te devo questo, a te che ho stretto tra le braccia per tutta la nostra vita in comune. Comprendi quello che hai fatto?

NORA *(calma e fredda).* Sì.

HELMER. Tutto questo è così incredibile non mi ci raccapezzo. Ma devo provvedere. Togliti quello scialle. Toglitelo, ti dico! In un modo o nell'altro devo contentarlo. Si tratta di soffocare lo scandalo a qualsiasi prezzo. E, per quanto riguarda la nostra vita intima, niente di mutato. Beninteso, per le apparenze. Continuerai a stare qui, naturalmente. Ma ti sarà proibita l'educazione dei bambini... non oserei affidarteli. È doloroso dire questo alla donna che si è tanto amata e che ancora... D'ora poi non esiste più per noi la felicità: dobbiamo soltanto preoccuparci di salvare i frantumi, le apparenze... *(Campanello alla porta d'ingresso)* Chi sarà a quest'ora? *(a Nora)* Va' di là, presto! *(Nora non si muove, Helmer va ad aprire la porta).*

DOMESTICA *(nell'anticamera).* Una lettera per la Signora.

HELMER. Datemela. *(Afferra la lettera e chiude la porta)* È una lettera sua. La leggerò io.

NORA. Leggi.

HELMER *(avvicinandosi alla lampada).* Ne ho appena il coraggio. Adesso, vedremo... *(Apre la lettera, scorre qualche riga, esamina un foglietto, getta un grido di gioia)* Nora! *(Nora lo interroga con lo sguardo)* Nora!... È proprio così. Sono salvo! Capisci? Salvo!

NORA. E io?

HELMER. Anche tu, beninteso. Siamo entrambi salvi. Guarda. Ti ha restituito l'obbligazione. Dice che deplora, si pente... un avvenimento inatteso cambierà la sua vita... Oh, poco importa ciò che scrive. Siamo salvi, Nora! Nessuno avrà da ridire sul conto tuo. Ah, Nora, Nora... distruggiamo innanzitutto questo orribile foglio. Si è trattato solo di un brutto sogno! *(Strappa la lettera e l'obbligazione; le getta nel camino e guarda la carta che brucia)* Ecco! Tutto è scomparso... Scriveva che dalla vigilia di Natale, tu... Oh, devono essere stati tre orribili giorni per te!

NORA. In quei tre giorni ho sostenuto una terribile lotta.

HELMER. E ti sei disperata; non vedevi altra via d'uscita... No, dimenticheremo tutti questi orrori. Festeggeremo la nostra liberazione, ripetendo continuamente: è finito, è finito. Andiamo, non fare quel viso. Credi che non abbia perdonato? Ma sì che ho perdonato, te lo giuro. Lo so che quello che hai fatto, lo hai fatto per amor mio.

NORA. È vero.

HELMER. Mi hai amato come una moglie deve amare suo marito. Soltanto, hai sbagliato nella scelta dei mezzi. Ma credi forse che tu mi sia meno cara perché hai bisogno di essere guidata? No, no, appoggiati a me: troverai aiuto e direzione. Non sarei un uomo se la tua inesperienza femminile non mi ispirasse un gran desiderio di difenderti. Dimentica le brutte parole che ti ho dette nel primo momento di esasperazione, quando credevo che tutto crollasse attorno a me. Ti ho perdonato, Nora, ti giuro che ti ho perdonato.

NORA. Ti ringrazio per il tuo perdono. (*Esce dalla porta di destra)*

HELMER. No, rimani. *(La segue con lo sguardo)* Perché vuoi andare di là?

NORA *(dalla sua camera).* Mi tolgo il costume.

HELMER *(vicino alla porta).* Brava, cerca di calmarti, di riprenderti, mio piccolo uccellino spaurito. Riposa, io ho larghe ali per proteggerti. Com'è tranquillo e confortevole il nostro nido! Qui sei al riparo: la colomba si è salvata dall'avvoltoio. Saprò calmare il tuo povero cuore che batte così forte. A poco a poco ci riuscirò, credimi. Domani, vedrai tutto sotto un'altra luce. Tutto ritornerà ad essere come prima. Non avrò bisogno di ripeterti che ti ho perdonata. Te ne renderai conto da te. Come puoi credere ch'io voglia respingerti o farti dei rimproveri? Per un uomo è così dolce perdonare veramente, con tutto il cuore. Si ha l'impressione che la creatura perdonata rinasca, diventi un'altra. Non più moglie, ma figlia. E io ti vedo così, Nora, mia povera Nora smarrita. Non darti pensiero. Sii sempre sincera con me, e io sarò la tua coscienza e la tua volontà. *(Nora rientra. Ha l'abito di tutti i giorni)* Non sei andata a letto? Ti sei cambiata?

NORA. Sì, mi sono cambiata.

HELMER. A quest'ora? Perché?

NORA. Non dormirò questa notte.

HELMER. Ma Nora...

NORA *(guardando l'orologio).* Non è poi così tardi. Siediti Torvaldo. Dobbiamo parlare.

HELMER. Che significa tutto questo? Mi serbi rancore?

NORA. Siediti. Sarà una lunga conversazione. Abbiamo molte cose da dirci.

HELMER *(sedendo).* Mi preoccupi, Nora. Non ti capisco...

NORA. Dici bene: non mi comprendi. E anch'io, non ti ho mai compreso... Sino a stasera. Non m'interrompere. Ascolta ciò che dico... Siamo arrivati alla resa dei conti.

HELMER. Quali conti?

NORA *(dopo una pausa).* Eccoci qui, seduti l'uno di fronte all'altra; non ti sorprende...

HELMER. Che cosa?

NORA. Siamo sposati da otto anni. Ed è la prima volta che ci parliamo seriamente, come marito e moglie. Riflettici.

HELMER. Seriamente, sì... che vuoi dire?

NORA. Otto anni sono passati... e anche più, tenendo conto del giorno in cui ci siamo conosciuti, e in tutto questo tempo non ci siamo mai scambiata una parola seria su di un ragionamento serio.

HELMER. Dovevo renderti partecipe, forse delle mie pene, che non avresti potuto alleviare?

NORA. Non parlo di sofferenze. Voglio dire che mai, in nessuna occasione, noi abbiamo cercato di discutere, di riflettere insieme sulla realtà delle cose.

HELMER. Ma questo, cara Nora, non era affar tuo!

NORA. Eccoci al punto! Non mi hai mai capita... Siete stati molto ingiusti con me, Torvaldo; papà prima, tu dopo.

HELMER. Come?... Noi che ti abbiamo voluto un bene infinito?

NORA *(scuotendo la testa).* Non mi avete mai voluto veramente bene. Vi divertiva rimanere in adorazione davanti a me, ecco tutto.

HELMER. Che significa questo modo di parlare?

NORA. È così, Torvaldo: quando stavo con mio padre, egli mi esponeva le sue idee, e io le condividevo. Se pensavo diversamente, non me ne facevo accorgere. La cosa lo avrebbe contrariato.

Mi chiamava la sua piccola bambola, e giocava con me, come io giocavo con le mie bambole. Poi, sono entrata in casa tua...

HELMER. Adoperi delle strane espressioni per parlare del nostro matrimonio.

NORA. Voglio dire che dalle mani di mio padre, sono passata nelle tue. Tu hai sistemato tutto secondo il tuo gusto, e io questo tuo gusto condividevo, o almeno facevo finta di condividere. Non lo so. Forse un po' una cosa, e un po' l'altra. Se guardo al passato, mi sembra di essere vissuta qui come una mendicante: alla giornata. Per guadagnarmi da vivere ho dovuto fare delle piroette per te, e questo ti divertiva tanto! Tu e papà avete molti torti con me. È colpa vostra se sono una buona a nulla.

HELMER. Sei assurda, Nora. Assurda e ingrata. Non sei stata felice in questa casa?

NORA. Mai. Credevo di esserlo, ma non lo sono mai stata.

HELMER. Non eri... Non eri felice?

NORA. No: soltanto allegra, ecco. Eri molto carino con me: ma la nostra casa non è stata altro che un luogo di ricreazione. La mia vita! Con mio padre, una pupattola; con te, una bambola grande. E i nostri figli, le mie bambole. Mi divertivo quando giocavi con me, come loro si divertono quando giocano con me. Ecco cos'è stata la nostra unione, Torvaldo.

HELMER. C'è qualcosa di vero in quello che dici... per quanto tu esageri. Ma, per il futuro, questo cambierà. È passato il tempo della ricreazione, adesso viene quello dell'educazione.

NORA. Quale educazione, la mia o quella dei nostri figli?

HELMER. Entrambe, cara Nora.

NORA. Mio povero Torvaldo, non sei l'uomo che possa educarmi in modo da farmi diventare la moglie che ti necessita.

HELMER. E sei tu a dirlo?

NORA. Proprio io. Come potrei educare i ragazzi?

HELMER. Nora!

NORA. Scusa non hai detto un momento fa che non avresti osato affidarmi un simile compito?

HELMER. L'ho detto in un momento di rabbia. Non sono parole alle quali dar peso.

NORA. Eppure l'hai detto molto seriamente. È un compito superiore alle mie forze, perché io devo, anzitutto, pensare ad educare me stessa. Ma tu non sapresti aiutarmi, devo fare da sola. Per questo ti lascio.

HELMER *(alzandosi di scatto).* Cosa dici?

NORA. Devo essere sola per capire me stessa; per conoscermi e conoscere chi mi sta attorno. Non posso dunque restare con te.

HELMER. Nora!

NORA. Voglio andarmene subito. Cristina mi ospiterà per stanotte.

HELMER. Hai perduto la testa. Non andartene. Te lo proibisco.

NORA. Ormai non puoi impedirmi niente. Porto con me la mia roba. Da te non voglio, né vorrò mai nulla.

HELMER. Sei pazza!

NORA. Domani andrò a casa mia, voglio dire al mio paese... Lì troverò più facilmente da vivere.

HELMER. Con la tua inesperienza? Cieca che non sei altro!

NORA. Cercherò di imparare, Torvaldo.

HELMER. Abbandonare il tuo focolare, tuo marito, i tuoi figli! Non pensi a quello che dirà la gente?

NORA. Questo non basta a trattenermi dal farlo. So soltanto che non c'è altra soluzione per me.

HELMER. Tutto questo è rivoltante! Così sei pronta a tradire i tuoi doveri più sacri?

NORA. Che intendi per sacri doveri?

HELMER. Ho bisogno di dirtelo? Quelli che hai verso tuo marito e i tuoi figli.

NORA. Ne ho altri non meno sacri.

HELMER. Non è vero. Di quali doveri parli?

NORA. Dei doveri verso me stessa.

HELMER. Prima d'ogni altra cosa, tu sei sposa e madre.

NORA. Non credo più a questi miti. Credo di essere anzitutto un essere umano, come lo sei tu... o che almeno devo sforzarmi di diventarlo. So che la maggioranza degli uomini ti darà ragione, e che anche nei libri dev'esserci scritto che hai ragione. Ma io non posso più ascoltare gli uomini, né badare a quello ch'è stampato nei libri. Ho bisogno di idee mie e di provare a rendermi conto di tutto.

HELMER. La tua idea dev'essere la famiglia. Hai una guida infallibile: la religione.

NORA. Povera me. Sono così ignorante in fatto di religione! Ricordo solo le parole che mi diceva il pastore Hansen alla vigilia della prima comunione. Ma non bastano. Quando sarò sola e libera rifletterò anche sulla religione, e vedrò se il pastore aveva detto la verità o se la sua verità era valida anche per me.

HELMER. Mi sbalordisci! Una donna che parla così! Ma se la religione non può guidarti, consulta almeno la tua coscienza. Perché suppongo che tu abbia, almeno, il senso morale? O, per caso, ne sei sprovvista: rispondimi!

NORA. Non posso risponderti. Non riesco a ritrovarmi nel tuo mondo. So soltanto una cosa: che le mie idee differiscono totalmente dalle tue. Anche le leggi non sono quelle che credevo. Che siano leggi giuste, ecco una cosa che non mi entra in testa. Risparmiare un'angoscia al padre morente; salvare la vita al marito, non sarebbe dunque un diritto per qualsiasi donna? Non può essere così!

HELMER. Parli come un bambino; non capisci nulla della società della quale fai parte.

NORA. Hai ragione, non la capisco. Per questo voglio veder chiaro. Per accertarmi chi di noi due ha ragione; la società oppure io.

HELMER. Sei ammalata, Nora; hai la febbre. Stai delirando.

NORA. Non ho mai avuto la mente così lucida. (Non sono mai stata tanto sicura delle mie azioni.)

HELMER. Ed è a mente lucida che abbandoni me e i bambini?

NORA. Sì.

HELMER *(dopo una pausa).* Non c'è che una spiegazione possibile: non mi ami più.

NORA. È vero. È così.

HELMER. E me lo dici tanto tranquillamente?

NORA. No, Torvaldo, te lo dico con immenso dolore, perché sei sempre stato tanto buono con me. Ma non so che farci: non ti amo più.

HELMER. Ne sei proprio certa?

NORA. Assolutamente. Ecco perché non posso rimanere in questa casa.

HELMER. Vuoi dirmi in che modo ho perduto il tuo amore?

NORA. Certamente. Stasera, quando non ho visto avverarsi il prodigio che aspettavo. Mi sono resa conto, allora, che non eri l'uomo che credevo.

HELMER. Spiegati meglio. Non capisco.

NORA. Per otto anni ho pazientato ed atteso. Sapevo che i miracoli non avvengono tutti i giorni. Finalmente, è scoccata questa ora angoscia. E, allora, mi son detta: «ecco, il prodigio sta per compiersi». Mentre la lettera di Krogstad era là, nella cassetta, non mi è nemmeno balenata l'idea che tu potessi piegarti alle condizioni che ti avrebbe dettato quell'uomo. Ero certa che gli avresti detto senza esitare: «Suvvia, pubblichi quel che le pare».

E se Krogstad lo avesse fatto...

HELMER. Tu saresti stata vittima del disprezzo di tutti.

NORA. Ammesso anche questo, ero sicura che tu non avresti esitato a farti avanti, addossarti ogni colpa, e dire: il colpevole sono io.

HELMER. Nora!

NORA. Tu pensi che non avrei mai accettato un simile sacrificio. Senza dubbio. Ma le mie affermazioni non sarebbero valse a nulla... Ebbene, era quello il miracolo che aspettavo con trepidazione. Ed era per impedirlo che volevo morire.

HELMER. Io posso lavorare giorno e notte, sopportare ogni dolore per te; ma nessuno sacrifica l'onore a chi ama.

NORA. Milioni di donne lo hanno fatto!

HELMER. Non ragioni: continui a parlare puerilmente.

NORA. Può darsi. Ma tu non pensi e non parli come l'uomo di cui posso essere la compagna. Svanita la minaccia, placata l'angoscia per la tua sorte, non per la mia, hai dimenticato tutto. E io sono tornata ad essere per te la lodoletta, la bambola da portare in braccio. Forse da portare in braccio con più attenzione perché t'eri accorto che sono più fragile di quanto pensassi. *(Si alza)* Ascolta, Torvaldo, ho capito in quell'attimo di essere vissuta per otto anni con uno sconosciuto. Uno sconosciuto che mi ha fatto fare tre figli... Vorrei stritolarmi! Non riesco a sopportarne nemmeno il pensiero!

HELMER. Capisco. Siamo divisi da un abisso. Ma non potremmo, insieme...

NORA. Guardami come sono: non posso essere tua moglie.

HELMER. Ma io ho la forza di diventare un altro.

NORA. Forse, quando non avrai più la tua bambola.

HELMER. Separarci, Nora? Separarmi da te? No, no, non mi rassegno.

NORA *(dirigendosi verso la porta di destra).* Motivo di più per decidersi. *(Esce e ritorna col mantello, il cappello, e una valigetta che depone su una sedia, vicino alla tavola).*

HELMER. Aspetta domani. Ancora no, ancora no!

NORA. Non posso restare nella casa di uno sconosciuto.

HELMER. Resta come una sorella.

NORA *(mettendosi il cappello).* Sai bene che questo non durerebbe a lungo. Addio, Torvaldo, non voglio vedere i bambini. Sono, del resto, in mani migliori delle mie. Come sono adesso, non potrei essere una madre per loro.

HELMER. Ma un giorno, Nora... un giorno?

NORA. Come posso risponderti? Non so quello che accadrà di me, non conosco la donna che diventerò.

HELMER. Ma tu sei, rimarrai mia moglie, chiunque tu sia, chiunque tu divenga.

NORA. Quando una donna abbandona la sua casa, come faccio stanotte, le leggi, mi sembra, sciolgono il marito da ogni impegno. Sia ben chiaro, comunque, che tu, per me, sei libero. Come sono libera io. Assoluta libertà da una parte e dall'altra. Ecco il tuo anello. Dammi il mio.

HELMER. Anche questo?

NORA. Sì.

HELMER. (Eccolo.)

NORA. Grazie. E adesso tutto è finito. Le chiavi sono là. Per dirigere la casa, Elena è pratica. Più di me. Domani, dopo la mia partenza, Cristina verrà a prendere la mia roba.

HELMER. Tutto è finito. Penserai a me qualche volta?

NORA. Certo che penserò spesso a te, e ai bambini, e alla casa.

HELMER. Posso scriverti?

NORA. No. Te lo proibisco.

HELMER. Potrò almeno mandarti...

NORA. Niente, niente...

HELMER. Aiutarti, se ne avrai bisogno...

NORA. No, non accetto nulla da uno sconosciuto!

HELMER. Resterò sempre uno sconosciuto per te?

NORA *(prendendo la valigetta).* Oh, Torvaldo, dovrebbe accadere il più grande dei miracoli.

HELMER. Quale?

NORA. Dovremmo entrambi trasformarci a tal punto... Ma io non credo più nei miracoli.

HELMER. Ma io voglio crederci. Continua: dovremmo trasformarci a tal punto che...?

NORA. A tal punto che la nostra unione divenga un vero matrimonio. Addio. *(Esce).*

HELMER *(si accascia su una sedia, vicino alla porta, e coprendosi il viso con le mani).* Nora, Nora! *(Pausa. Alza la testa, si guarda attorno)* È andata via! È andata via! *(Si ferma come per attendere qualche cosa. Poi con speranza improvvisa)* Il più grande dei miracoli? *(Si sente fuori scena il rumore della porta di casa che si richiude).*

Fine del dramma

Indice

Henrik Ibsen

Casa di bambola

III *Introduzione*
XXIII *Bibliografia*

3 Atto primo
31 Atto secondo
51 Atto terzo